별과
새와
소년에
대해

장아미
장편소설

별과 새와 소년에 대해

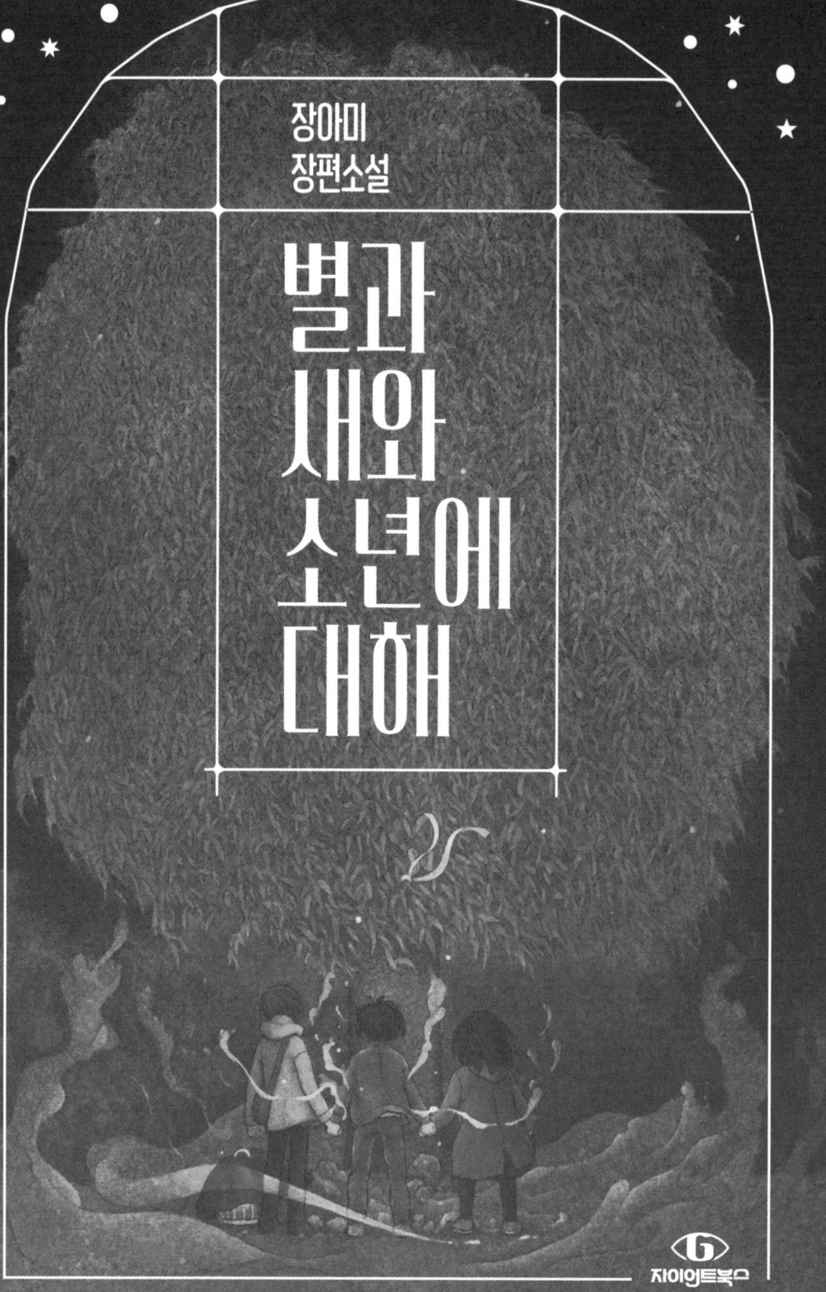

자이언트북스

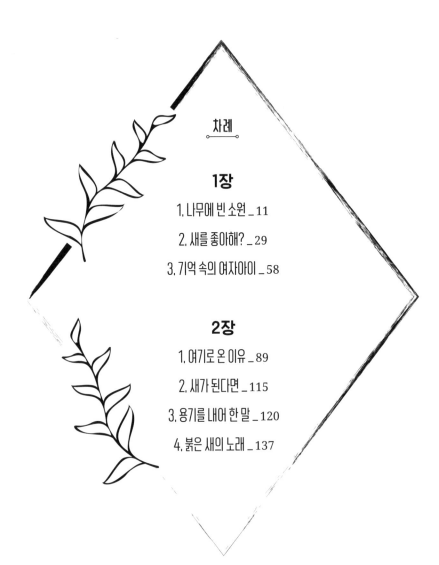

차례

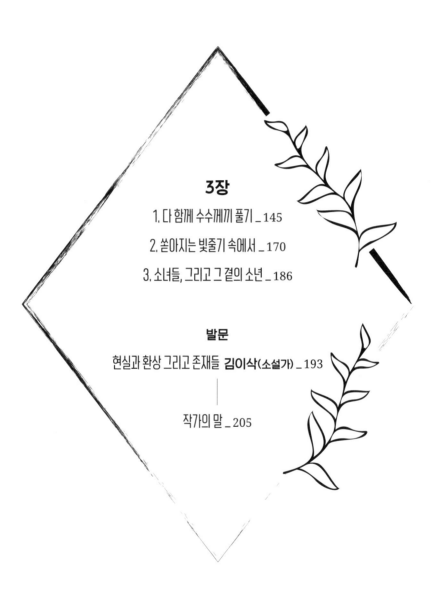

저승만큼 멀고 죽음만큼 깊은 곳에

그는 잠들어 있다.

그를 깨울 수 있다면

황금빛 눈동자가 떠오르는 밤에

소원을 이루리라.

1장

1. 나무에 빈 소원

철새 한 무리가 갈대밭을 지났다. 내 가장자리는 얼어 있었다. 희미가 덤벙거리며 걸음을 뗄 때마다 민트색 스니커즈 아래에서 살얼음이 바스락거리는 소리가 났다.

희미가 장갑 낀 손을 입술 앞으로 가져갔다. 하아, 길게 입김을 불어넣자 성긴 털실 사이로 온기가 스며들었다. 입술이 벌어져 살짝 삐뚤게 난 앞니가 엿보였다. 희미가 웃을 때마다 입을 가리는 이유였다. 바로 그 앞니 때문에 자신의 웃음이 때로 무척 특별해진다는 걸 희미 본인은 알지 못했다.

희미가 그다음으로 질색하는 것이 콧등에 돋은 주근깨였다. 그 주근깨에 대해 지적하는 건 희미와 친해질 기회를 영원히 잃는다는 것과 같은 의미였다. 희미는 좋아하는 것만큼 싫어하는 것들에 대해서도 분명한 입장을 취할 줄 알았다.

희미가 카키색 더플코트를 여미며 몸을 떨었다. 이어폰을 챙겨 나올걸 그랬다는 생각이 들었지만 때늦은 후회였다. 노래라도 들으면 이 길이 덜 무서울지도 모르는데.

산딸나무가 우거진 경사면 너머는 신시가지였다. 다소 완만한 비탈을 따라 단독주택과 아파트 단지, 오피스텔과 상가, 공원과 학교 부지가 구획 지어진 전형적인 신도시의 풍경이 펼쳐졌다. 그곳에 새별시라는 이름이 붙여진 건 비교적 최근의 일이었다. 그 무렵부터 갈대가 무성한 내를 따라 산책로가 생겼고 가로수가 심기는 동시에 울타리가 세워졌다.

희미는 달끝마을에 살았다. 이 순간 희미가 걷고 있는 산책로 옆 내를 사이에 두고 신시가지와 마주하다시피 한 그 마을 역시 새별시라는 명칭 아래 속해 있었다.

희미가 잔뜩 긴장한 표정으로 징검다리를 건넜다. 이 징검돌에서 저 징검돌로 뜀박질할 때마다 댓돌에 번갈아 올려놓고 잡아맨 스니커즈의 끈이 나풀거렸다. 그러다 내 건너에 이르러 멈칫거리며 걸음을 늦추었다. 이렇게까지 할 필요가 있을까, 라는 생각이 그를 머뭇거리게 했다. 이런 건 뭐랄까, 음, 반칙 같은 거잖아?

그러다 단호한 태도로 고개를 끄덕였다. 아니, 당연하잖아.

이건 준후를 위한 일이기도 하니까. 왜냐하면 내가 준후를 좋아하는 만큼 준후도 나를 좋아하니까. 많이, 아주 많이.

지금 희미의 방에서는 곰 인형이 그를 대신해 스탠드 불이 켜진 책상 앞에 앉아 있을 것이었다. 희미는 만전을 기하기 위해 인형의 손에 형광펜을 쥐여주고 어깨에는 애용하는 담요까지 둘러주었다.

희미는 잊은 물건이 있는 것처럼 부랴부랴 코트 주머니를 뒤적였다. 털장갑을 껴 둔감해진 손끝에 어떤 물건이 만져졌다.

—리본을 하나 준비하는 거야. 색은 상관없어. 적당한 길이로 자르기만 하면 돼. 그 리본을 나무에 매어놓는 거지. 그런 다음 소원을 비는 거야. 큰 소리로, 또박또박. 중요한 건 해가 지고 난 후에 혼자 가야 하는 거래. 다른 사람에게 들키면 안 된대. 그럼 소원이 이루어지지 않는대. 정말이래.

그때 희미는 책상다리를 한 채 소파에 앉아 있었다. 희지는 방문을 활짝 열어놓고 친구와 전화 통화를 하고 있었다. 휴대폰으로 웹툰을 보는 척하고 있었지만 희미는 실상 온 신경을 집중해 언니의 말을 엿듣고 있었다.

희미는 그 나무가 어디에 있는지 알았다. 산책로를 걷다 샛길로 빠지면 나오는 언덕 위. 그 나무는 신목神木이라고 했다. 수령이 오백 년이 넘는다고도 했다.

한편 그것을 소원이라고 불러야 할지에 대해서는 희미 스스로도 아리송했다. 소원이란 이루어지기를 바라는 일. 그렇다면 이미 이루어진 일이라면 어떨까? 이루어졌지만 단지 밝히지 않은 일이라면. 그 역시 소원이라고 부르는 게 맞을까?

희미는 준후의 이가 처음 빠진 날을 기억했다. 일곱번째 생일이 지나고 며칠 뒤. 피 묻은 앞니를 뱉어내고 눈물을 글썽이던 준후에게 희미는 잘 보라는 듯 손을 흔들어 보이고는 입을 크게 벌렸다. 그때 희미는 아래쪽 앞니 두 개가 모두 빠진 상태였다. 둘은 빈 이 자리를 드러낸 채로 동시에 키득거렸다.

그 시절 둘은 제일 친한 친구 사이였다. 나란히 넘어져 무릎에 딱지가 앉은 횟수만큼 쑥쑥 키가 자랐다. 희미가 감기를 앓으면 준후가 열이 났다. 자전거 타는 법을 먼저 배운 건 준후였지만 손잡이를 놓고도 넘어지지 않는 법을 먼저 터득한 건 희미였다.

어느 날 희미는 냇가에서 죽은 참새 한 마리를 발견했다. 둘은 백일홍나무 옆에 그 새를 묻어주곤 함께 손을 포갠 채로 이렇게 맹세했다.

"우리는 친구야. 영원히."

희미는 준후와 같은 중학교를 다니지는 못했으나 같은 고등학교에 입학했고 같은 반에 배정되는 행운까지 누렸다. 하지만 다시 봄이 와 2학년 새 학기를 맞으면 더는 같은 교실에서 생활하지 못하게 될지도 몰랐다. 해는 바뀌었어도 아직은 겨울. 희미는 이 계절이 가버리기 전에 모든 것을 명확하게 하고 싶었다.

그것이 이 밤, 희미가 추위에 떨며 어둠 속에서 그 나무를 찾아가는 이유였다.

리본이 주머니에 얌전히 들어 있는 걸 확인한 희미가 장갑 한 짝을 벗은 다음 휴대폰의 플래시 기능을 작동시켰다. 조명이 켜진 휴대폰을 들어올리자 갑자기 나타난 것처럼 오른쪽에서 신목이 보였다. 희미는 놀라다못해 하마터면 휴대폰을 놓칠 뻔했다. 그래도 헤매지 않고 도착했네. 다행이야. 한숨을 쉰 희미가 굳은 어깨를 폈다.

그 나무, 신목은 언덕 위 가파르게 기운 대지에 뿌리내리고 있었다. 밤하늘을 향해 가지를 치켜든 모양새에서 위엄이 느껴졌다. 그런 한편으로 겨울을 맞아 잎을 모두 떨어뜨린 탓에 몹시 고독해 보이기도 했다. 지난해 봄, 그 나무에 돋은 잎은 유독 적고 엉성했다.

휴대폰의 방향을 바꾸자 흐릿한 불빛 속에서 낮은 가지들에 리본이 묶여 있는 것이 보였다. 색은 모두 달랐다. 노랑, 분홍, 파랑, 색색의 잎사귀 같았다.

희미는 문득 초록색 리본을 준비할걸, 하고 후회했다. 희미는 초록색을 좋아했다. 게다가 초록색 리본이야말로 진짜 잎처럼 보일 테니까.

희미가 서둘러 나무 옆으로 다가갔다. 마침내 해냈다는 기쁨이 두려움으로 얼어붙어 있던 마음을 녹였다.

장갑을 주머니에 쑤셔넣곤 가지고 온 흰색 리본을 꺼냈다. 허물어진 돌무더기를 밟고 올라가 아래로 늘어진 나뭇가지를 향해 팔을 뻗었다. 있는 힘껏 까치발을 한 다음 마음대로 움직여지지 않는 손가락을 놀려 힘겹게 매듭을 지었다.

"간절하게 원하면 이루어진다면서요, 그렇죠?"

달뜬 말투로 소곤거렸다.

"있잖아요, 준후가 나한테……"

거기까지 말해놓고 어쩐지 부끄러웠는지 마음속으로 빌었다. 고백하게 해주세요, 좋아하게 해주세요, 제발 부탁드릴게요.

아닌 척하고 싶었지만 희미는 내심 불안감을 떨칠 수 없었다. 그토록 오랜 시간 알고 지냈음에도 그 소년에게는 여전히 비밀스러운 면모가 있었다.

바람결에 떠밀린 리본들이 바스락거렸다. 희미의 귀에는 그 소리가 그래, 그래, 그래 하고 화답하는 것처럼 들렸다. 소망의 무게를 덜어내서인지 몸이 한결 가뿐해진 기분이었다.

희미의 입가에 미소가 스몄다.

"믿어요. 믿을게요."

리본들이 또 한번 바스락거렸다. 그래, 그래, 그래, 맞장구 치는 듯한 소리. 멀어지는 메아리.

나무를 바라본 채로 뒷걸음질하던 희미가 일순 의아한 광경이라도 목격한 것처럼 눈살을 찌푸렸다. 가까운 가지 끝에서 뭔가 깜빡이고 있었다. 자세히 살펴보니 희미가 매어놓은 리본에서 흰빛이 번지고 있었다. 희미가 어리둥절한 눈초리로 이를 유심히 관찰하는 동안에도 점점 더 밝게 타올랐다. 그러다 불길이 옮겨붙은 것처럼 이웃한 리본들까지 한꺼번에 점멸하기 시작했다.

하양, 노랑, 분홍, 파랑, 색색의 광채들. 서로 다른 소원들이 발하는 광휘가 순식간에 나무 전체를 에워싸고 꽃가루처럼 너울거렸다.

내가 지금 뭘 보고 있는 거지? 의문하기 무섭게 미처 판단을 내릴 새도 없이 빛은 꺼져버렸다. 그와 동시에 리본들은 어둠에 물들어 제 형체를 잃어버렸다. 밤하늘 아래 홀로 서 있던 나무는 외롭고 쓸쓸해 보였다.

희미가 두 팔을 엇갈려 어깨를 감쌌다. 비틀거리며 뒤돌아 걷기 시작했다. 추운 데 너무 오래 나와 있었나봐. 하지만 언덕을 내려가면서도 방금 전의 광경이 뇌리를 떠나지 않았다. 내가 잘못 본 거겠지? 그 나무에 무슨 일이 벌어진 걸까?

한참을 앞만 보고 나아가던 희미가 시선을 돌렸다. 띠링, 자전거 벨이 울리며 나는 희미한 소리. 착각일 리 없었다. 갈대밭 너머로 누군가의 모습을 확인한 희미는 자칫 소리 내 웃을 뻔했다. 이럴 수가, 정말로 효험이 있었잖아!

기쁨에 차 앞머리를 만지던 희미가 손길을 멈추었다. 자전거를 끄는 준후 곁에 누군가 있었다. 준후에게 가려 보이지 않았을 뿐 그와 나란히 서서 이야기를 나누고 있었다. 희미가 인상을 쓰며 중얼거렸다.

"……쟤가 왜 준후랑 같이 있는 거지."

민진은 심지어 달끝마을에 살지도 않았다. 재작년 신시가지의 아파트에 이사 왔다고 했다.

희미는 지난해 가을을 떠올렸다. 수업이 파하고 친구들에게 붙들려 인근의 도서관에 끌려갔던 날. 시험을 준비하기 위해서였지만 아무런 의욕도 없는 마당에 책이 눈에 들어올 리 없었다. 교과서 모퉁이에 낙서를 끼적이다 그만 깜빡 잠들어버렸는데 깨어나보니 친구들은 모두 어디론가 가버린 뒤였다.

희미가 구겨진 셔츠를 치마허리에 욱여넣곤 하품을 했다. 잠도 깰 겸 자료실을 어슬렁거리다 서가 앞에서 준후를 발견했다. 준후는 민진과 마주서 있었다. 민진이 들고 있던 책을 내밀며 무슨 말인가를 속삭이자 준후가 웃는 듯 아닌 듯 묘한 표정을 지었다.

희미는 민진의 눈에 서린 감정의 정체를 단번에 알아보았다. 거울 속에서 여러 번 목격한 바 있었으니까.

그래서 더 화가 났는지 몰랐다. 준후와 같이 있는 사람이 민진이라서. 다른 누구도 아닌 민진이라서.

희미가 징검다리를 건넜다. 희미의 등장을 먼저 알아차린 건 민진이었다. 당황한 기색도 없이 희미를 바라보면서 민진이 인사라도 하듯 고개를 까딱였다. 준후가 뒤늦게 옆을 돌아보았다.

희미는 순간 마음 깊은 곳에 물방울 하나가 떨어지는 듯한 느낌이 들었다. 그러나 그 파문은 작지 않았다. 고백하지 못한 감정이 가득 차올라 있었으므로. 이미 손쓸 수 없이 넘쳐흐르기 직전이었다.

"이제 오는 거야?"

정작 인사 비슷하게 뱉은 말은 무뚝뚝했다. 희미로서도 어쩔 수 없었다. 이러다 모두 들켜버릴지 몰랐다.

"어, 학원 갔다 오는 길. 너는?"

"그냥 좀 답답해서."

준후가 한 손으로 파카 깃을 당겼다 놓았다. 희미의 뺨에 희미한 홍조가 감돌았다. 준후가 끼고 있던 장갑은 희미가 재작년에 선물한 것이었다. 희미는 그것을 자신의 장갑과 함께 구입했다. 같은 스웨터의 털실을 풀어 만든 재활용 제품이라고 직원이 설명해주었다.

희미는 그 점이 특히 좋았다. 스웨터 한 벌에서 나온 장갑 두 켤레라는 사실이.

"설마 둘이 같이 온 거야?"

"아니. 중간에 만났어. 민진이는 산책중이었대."

준후의 대답이 끝나기도 전에 희미가 오만상을 찡그렸다. 그걸 왜 네가 설명하는 건데?

준후의 옆에서 민진이 조용히 걸음을 뗐다. 나는 너희 둘의 대화에 아무런 관심도 없다고 주장하는 것처럼.

희미가 민진의 목에 걸린 물건을 흘끔거렸다. 저건 뭘까, 망원경처럼 생겼는데.

희미가 의혹에 찬 눈길로 자신과 민진을 쳐다보고만 있자 어색한 분위기를 떨치려는 듯 준후가 이어 말했다.

"그게, 며칠 전에도 우연히 마주친 적이 있거든. 민진이가 근처 나무에 있던 새 이름을 알려줬는데. 뭐더라, 곤줄박이 맞아? 엄청 귀여웠는데."

민진이 발밑을 내려다보며 쿡쿡거렸다. 희미가 입술을 깨물었다. 이번 침묵은 훨씬 길고 적대적이었다. 둘의 표정을 번갈아 살피던 준후가 말을 얼버무렸다.

"내 말은…… 그냥 그랬다고."

셋은 말없이 걷기만 했다. 신경질이 나 있어서인지 희미에게는 자전거 바퀴가 돌아가는 소리마저 불쾌하게 들렸다. 민진 역시 이 상황이 거북한 듯 자꾸만 안경테를 만졌다.

다음 가로등 아래에서 셋은 거의 동시에 발길을 멈추었다. 민진이 선수라도 치듯 손을 들어 보였다.

"나는 이만 가볼게."

"잠깐만 기다려봐. 뭐 하나만 물어보게."

민진은 내키지 않는 듯했지만 일단은 희미의 요구에 따랐다. 준후가 넌지시 물었다.

"뭔데? 왜 그러는데?"

희미가 혹 숨을 들이마셨다. 그런 다음 또 한참 각오를 다진 뒤에야 제대로 된 목소리를 낼 수 있었다.

"대답해봐. 준후야, 너 나 좋아해?"

해버렸어, 저질러버렸어, 이제는 무를 수도 없어. 희미는 그런 자신이 용감하다고 생각하면서도 한편으로는 조금 부끄러웠다.

희미의 마음을 넘쳐흐르게 한 마지막 한 방울은 질투였다.

"갑자기 그게 무슨 소리야. 추운데 빨리 들어가자."

준후가 어색하게 웃었다. 거칠어진 호흡을 가다듬으며 희미는 아무렇지 않은 척 재차 물었다.

"웃으면서 넘어가려고 하지 말고 솔직하게 말해봐. 준후야, 너 나 좋아하지, 그렇지, 맞지?"

준후가 달래는 듯한 어조로 우물거렸다.

"민진이 먼저 가라고 하자. 좀 이따 얘기해, 응?"

희미가 이를 악물었다. 가파른 절벽 아래로 툭 하고 떠밀린 기분이었다. 준후야, 나는 너를 좋아했어. 오래전부터 내가 기억하는 한 언제나.

그럼에도 희미 역시 예감하고 있었는지 몰랐다. 희미는 더는 일곱 살이 아니었으니까.

"대답해봐. 간단하잖아, 예 혹은 아니요. 그게 그렇게 어려워?"

희미가 고집을 부렸다.

"나는, 나는 말이야."

자전거 손잡이를 움켜쥔 준후가 기어들어가는 목소리로 대답했다.

"희미야, 나는, 나는……"

그러다 말을 채 끝내지 못하고 이내 푹 고개를 꺾었다. 희미는 자신이 울고 있다는 것조차 알지 못했다. 끝났어, 망쳐버렸어, 이전으로 되돌아갈 수도 없어.

민진이 간신히 한마디를 뱉었다.

"저기, 나는 이만 가봐야 해서."

"이준후! 네가 나한테 어떻게 이럴 수 있어? 우리가 어떤 사인데! 얼마나 오랜 시간을 함께했는데!"

희미가 고함을 질렀다. 화가 났다. 민망했다. 이 세상에서 사라지고 싶었다. 하지만 동시에 이런 생각도 들었다. 내가 왜 그래야 해? 상처를 준 건 내가 아닌데. 준후인데.

그때 멀리서 불어온 듯한 바람이 갈대밭을 휩쓸었다. 색색의 빛 가루 같은 것이 함께 날리는가 싶더니 공기 중으로 녹아내리다시피 흩어졌다. 흥분한 희미는 아무것도 보지 못하고 씩씩거렸다.

"곤줄박이가 뭐? 그깟 새가 어떻든 궁금하지도 않은데."

뒤이어 큰 소리로 외쳤다.

"가버려! 지금 당장 내 앞에서 사라져버려! 미워, 밉다고!"

질투 때문에, 스스로에게 실망한 나머지 진심으로 그렇게 소망하고 말았다.

희미의 귓가에서 바스락거리는 소리가 났다. 그래, 그래, 그래 하는 중얼거림. 그래, 그래, 그래, 맞장구치는 듯한 소리. 그건 거절당했다는 충격으로 말미암은 환청이었을까?

"어어" 하는 소리를 흘리던 준후가 포르르 날아올랐다. 뭐, 날아올랐다고? 희미가 맞잡고 있던 손을 떨어뜨렸다. 준후의 자전거가 넘어갔다. 그 옆에는 연회색 백팩과 함께 장갑 한 켤레가 놓여 있었다.

민진이 당황스럽다는 듯 중얼거렸다.

"어라, 저건 설마 곤줄박이?"

희미가 비명을 터뜨렸다.

"왜 하필 곤줄박이야!"

새는 나는 법을 배우지 못한 것처럼 서투르게 날갯짓했다. 민진이 침착한 태도로 그쪽을 가리키며 물었다.

"저러다 날아가버릴 것 같은데 괜찮은 거야?"

희미가 섣부르게 판단을 내리지 못하고 망설이자 가로등 불빛 밖에서 누군가 발소리도 없이 다가들었다. 발꿈치를 들고 팔을 뻗어 새로 변한 준후를 붙드는 데 성공했다.

희미는 더는 경악할 기력도 없었다. 창백하게 질린 채로 그 광경을 멍하니 바라보기만 했다. 이건 또 무슨 상황이지? 쟤는 어디서 나타난 거야?

"잡았다."

새별의 입가에 미소가 어려 있었다. 자세를 고친 새별이 겁먹은 새가 달아나려는 시도를 하다 다치지 않도록 쥔 손을 내리고 재빨리 반대 손으로 감쌌다.

한 반에서 일 년 가까이 생활했음에도 희미는 새별에 대해 아는 것이 별로 없었다. 모르긴 몰라도 민진 역시 그럴 거라고 확신했다. 오늘 같은 날씨에도 새별은 외투도 걸치지 않은 채였다. 위아래로 색을 맞춘 파란색 트레이닝복 한 벌을 입고 있을 뿐이었다.

다만 아까의 몸동작을 확인하고 나니 떠오르는 장면이 하나 있기는 했다. 지난봄 체육시간. 학생들 대부분이 시간이나 때우려는 심사로 운동장 여기저기에 흩어져 있을 때 새별은 혼자 천천히 발 구름선 앞으로 가 섰다. 한쪽으로 삐친 단발머리가 흔들렸다. 두어 번 심호흡한 새별은 도움닫기도 하지 않고 힘차게 도약했다.

희미가 그 광경을 목격한 건 전적으로 준후 때문이었다. 멀리 사뿐하게 모래밭에 착지한 새별을 응시하면서 준후가 들고 있던 공을 놓친 줄도 모르고 "와" 하는 감탄사를 내뱉었기 때문에.

민진이 다가와 새별의 손에 감싸인 새를 내려다보았다.

"얘가 준후란 말이지, 세상에."

믿기지 않는다는 듯 거듭 물었다.

"너도 봤지? 애 준후 맞지?"

새별이 머리를 끄덕였다. 희미는 여전히 얼이 빠져 있었다. 하지만 그 순간 가장 큰 충격에 사로잡혀 있던 건 준후 본인이 아니었을까? 아니, 어쩌면 준후는 인간의 형상을 잃으면서 이미 새의 방식으로 사고하고 있었을까? 곤줄박이의 관점에서 바라보는 세상은 어떤 모습일까?

희미가 젖은 뺨을 문지르며 신음했다.

"소원이 이루어지기는 무슨. 오늘은 내 인생 최악의 날이야. 엉망진창이라고."

그러자 비스듬하게 고개를 든 새별이 말문을 뗐다.

"어떤 소원이었는데?"

"넌 몰라도 돼."

희미가 잘라 대답했다. 잠시 후 민진이 흘러내린 안경테를 올리곤 둘을 마주보고 섰다.

"나도 당황스럽기는 마찬가지인데 그래도 이쯤에서 상황을 정리할 필요가 있을 것 같아서. 나부터 먼저 설명하면 나는 산책을 하던 중이었어. 마침 눈 예보가 있기도 했고 원래도 걷는 걸 좋아하거든. 그러다 준후와 마주쳤고 뒤이어 희미를 만났어. 셋이서 대화를 나누다가 희미가 준후에게 질문을 던졌는데……"

바로 그 지점에서 희미의 낯빛이 굳어졌다. 민진이 순발력을 발휘해 곧장 다음 대목으로 건너뛰었다.

"……준후가 새로 변해버린 거지. 그것도 곤줄박이로. 그런데 그 새를 붙잡은 게 다름 아닌 새별이란 말이지."

자기가 설명해놓고도 믿을 수 없다는 듯 민진이 고개를 갸웃거렸다. 희미가 발끈해 끼어들었다.

"그래서, 이게 다 내 잘못이라는 거야? 준후가 이렇게 된 게?"

"아니, 내 말은 그런 뜻이 아니라."

민진이 한발 물러서는 듯한 동작을 취했다. 그런 다음 희미의 흥분이 가라앉기를 기다리고선 덧붙였다.

"이제 와서 누구 잘못이니 따져봐야 아무 소용이 없다는 거지. 중요한 건 그게 아니니까."

그러더니 의미심장한 몸짓으로 바로 앞쪽의 어느 지점을 바라보았다. 희미는 물론이고 새별 역시 그를 따라 시선을 내렸다. 그 눈길의 끝에서 새가 소리 높여 재재거렸다.

"준후가 새로 바뀌었다는 거, 그게 진짜 큰 문제지. 생각해봐, 다른 사람들 앞에서 이 일에 대해 설명할 수 있을 것 같아? 누가 믿어나 줄까? 이 새가 준후라고, 우리가 두 눈으로 똑똑히 목격했다고. 너희들 생각은 어때?"

　지친 표정으로 발밑을 쏘아보던 희미가 무릎을 굽혀 바닥에 떨어져 있던 장갑을 집어 들었다. 민진은 목에 걸고 있던 쌍안경을 만지작거렸고 새별은 두 손을 모아 쥔 채로 갈대밭 저편을 응시했다.

　새들이 밤하늘을 가로질렀다. 일기예보와 달리 눈이 내릴 기미는 없어 보였다.

　셋은 각기 다른 생각에 빠져들었다.

2. 새를 좋아해?

민진이 종이 상자를 들어올렸다. 몸을 숙이고 귀를 가져다 대보았지만 아무 소리도 나지 않았다. 하지만 두 손에 전해지는 무게는 분명 한 생명의 것이었다.

곤줄박이는 흰 머리에 정수리와 턱에 까만 무늬가 박혀 있고 날개는 잿빛에 몸은 밝은 갈색을 띤 새였다. 참새와 엇비슷한 몸집. 박샛과의 텃새. 이틀 전 민진은 소나무 가지에 앉아 솔씨를 쪼아먹던 곤줄박이를 가리키며 속삭이다시피 말했다.

"아주 작지? 그리고 귀엽고."

그날도 민진은 하천 옆 산책로를 걷다 준후와 마주쳤다. 그 모습을 더 자세히 관찰하려는 듯 상체를 낮춘 준후가 민진만큼 작은 목소리로 대답했다.

"정말."

그때까지만 해도 준후는 자신에게 이런 일이 벌어지리라고 미처 예상하지 못했을 것이다. 민진 역시 마찬가지였다. 종이 상자를 귓가에 댄 민진이 숨을 죽였다. 준후야, 너는 지금 무슨 생각을 하고 있니? 놀랐니? 화났니? 이러다 영영 새로 남아 있는 건 아닐까 무서워하고 있니?

그러나 상자 안은 조용하기만 했다. 팔꿈치를 당겨 허리 부근에 상자를 고정시킨 민진이 걸음을 빨리했다. 패딩점퍼 안에 넣어둔 쌍안경의 무게가 불안한 마음을 진정시켜주었다. 30구경의 탐조 쌍안경은 민진이 작년 봄 직접 고른 자신의 생일선물이었다.

새별은 민진이 뒤처져 있다는 걸 모르는 눈치였다. 연회색 백팩을 어깨에 걸친 채로 무심하게 앞서 걸었다. 민진이 새별의 뒤통수를 흘끔거렸다. 설마 들릴 듯 말 듯 한 저 소리는 콧노래일까? 지금 같은 상황에 어쩌면 저렇게 태연할 수 있지?

종이 상자를 구해다 준 건 희미였다. 이러다 들키면 끝장이라고 투덜거리면서도 희미는 서둘러 마을로 가 부탁받은 물건들을 가져다주었다.

언젠가 책에서 읽은 내용에 따르면 어떤 야생동물은 인간에게 붙들렸을 때의 스트레스로 죽기도 한다고 했다. 이 곤줄박이―이자 준후―는 그렇게까지 예민한 것 같지 않았다. 새별의 손에 감싸인 상태에서도 비교적 편안해 보였다.

민진은 희미가 가져온 상자 옆을 뚫어 구멍을 내고 바닥에 티슈를 깔아주었다. 그런 다음 주머니에 넣고 있던 핫팩을 꺼내 옆면에 대주었다. 아쉬운 대로 조치를 취하고 나니 그럭저럭 마음이 놓였다.

그러는 내내 새별은 주위를 두리번거리며 딴청을 부렸다. 그 태도가 민진은 조금 언짢았다. 아니나 다를까, 새별은 민진이 새를 상자에 넣고 뚜껑을 닫는 즉시 휴대폰으로 플래시까지 터뜨리며 사진을 찍었다. 당황한 민진이 움찔거리며 동작을 멈추는 순간 희미가 반박자 먼저 항의했다.

"야! 그러다 새가 도망가버리면 어쩌려고 그래."

"미안. SNS에는 올리지 않을게."

말은 그렇게 하면서도 새별은 요만큼도 미안해 보이지 않았다. 민진은 희미의 호들갑이 새별의 무례함만큼이나 거슬렸다. 언제 그렇게 화를 냈냐는 듯 희미가 새별 쪽으로 은근슬쩍 몸을 당기며 물었다.

"너 혹시 인스타 해?"

"아니, 트위터."

눈을 가늘게 뜬 민진이 그런 희미를 곁눈질했다. 주근깨가 돋은 희미의 뺨에 옅으나마 혈색이 돌아와 있었다. 하긴 고백에 답을 듣지 못한 데다 상대가 느닷없이 새로 돌변해버렸으니 충격이 컸을 법도 했다.

"준후 괜찮겠지?"

그러기도 잠시, 희미는 금세 침울해졌다. 민진은 희미의 변덕스러움이 성가신 한편으로 은근히 마음이 쓰였다.

"괜찮을 거야. 너무 걱정하지 마."

위로 비슷한 민진의 말에 머리를 주억거리던 희미가 스니커즈 밑창을 바닥에 문지르더니 한숨을 섞어 물었다.

"이제 어떻게 해야 하는 거지?"

"일단은 준후를 안전하게 보호해야겠지."

민진이 대답했다. 희미가 다시 물었다.

"그다음에는?"

"준후를 사람으로 되돌려야지. 되도록 빨리. 사람들이 찾을 테니까. 준후 부모님도 걱정하실 테고. 아차차, 혹시 시시티브이 같은 데 찍혔으면 어쩌지?"

"안 찍혔어."

새별이 답하기 무섭게 희미가 반문했다.

"네가 그걸 어떻게 알아?"

그 한마디를 내어놓고 새별은 또 딴청이었다. 희미도 그런 새별만은 어쩔 수 없는 듯했다. 떨떠름한 표정을 지으면서도 그 이상 자세히 파고들지 않았다.

"아님 됐어. 그럼 누가 준후를 데리고 갈지 정해야겠네."

그 즉시 민진이 자진하고 나섰다.

"준후는 내가 맡을게."

"왜 너야? 얘도 있잖아."

희미에게서 그런 반응이 돌아올 줄 짐작하고 있었다는 듯 민진이 새별을 가리키며 되물었다.

"얘 옷에 뭐가 묻어 있는지 봐봐. 새별, 너희 집에 고양이 있지?"

희미가 휴대폰 플래시의 방향을 바꾸었다. 휴대폰 뒷면에서 뿜어져 나온 불빛이 새별이 입은 트레이닝복의 상의를 비췄다. 푸른색 의복의 표면에 가늘고 미세한 털들이 엉겨붙어 있는 것이 보였다. 새별이 도리질했다.

"아니."

"거봐, 아니라잖아!"

희미가 대번에 기가 살아 조잘거렸다. 그런 희미의 기대를 저버리듯 새별이 덧붙였다.

"나는 못 데리고 갈 것 같은데."

희미가 "하" 하고 소리를 터뜨렸다. 민진이 못마땅해하는 희미를 달래려 애썼다.

"내가 잘 보살펴줄게. 예전에 문조를 키운 적도 있거든. 나를 믿어."

희미는 불만스럽게 뺨을 부풀린 채로 아무 말도 하지 않았다. 민진이 전화번호를 교환하자고 제안했을 때도 내키지 않는다는 듯 한참 동안 꿈지럭거렸을 정도였다. 새별 역시 미적거리기는 마찬가지였다. 민진은 둘을 설득해 휴대폰 번호를 교환하고 단톡방도 새로 하나 만들었다. 말은 안 했지만 속으로는 자신이 어쩌다 이런 사건에 휘말렸는지 어리둥절했다. 하지만 그 이유가 무엇이든지 간에 셋은 비밀을 공유한 사이였다.

원하든 그렇지 않든 함께 움직여야 했다. 준후를 위해. 그를 원래 모습으로 되돌리기 위해.

"저건 어떻게 하지? 이대로 여기에 놔둘 수도 없고."

민진이 산책로 옆에 쓰러져 있던 자전거를 가리키며 물었다.

"당연히 숨겨야지."

그렇게 대답했지만 희미는 움직일 생각이 없어 보였다. 별수없다는 듯 희미에게 상자를 맡긴 민진이 직접 자전거를 일으켜 관목 뒤로 끌고 갔다. 그래봤자 금세 들킬 가능성이 높아 보였지만 앙상한 나뭇가지들이 예상보다는 그럴싸하게 자전거를 가려주었다.

아무것도 하지 않고 구경만 하고 있는 것이 양심에 찔렸는지 새별이 준후의 백팩을 가져가 보관하겠다고 했다. 희미는 고마워하는 기색도 없이 대뜸 으름장을 놓았다.

"소지품을 뒤져볼 생각은 꿈에도 하지 마. 나중에 준후한테 확인해보라고 할 거니까."

그러더니 둘의 반응은 확인도 않고 부리나케 뒤돌아섰다. 민진이 희미의 등을 향해 목소리를 돋우었다.

"우리 이대로 헤어져도 돼?"

"왜 또? 뭔데?"

되묻는 어조가 몹시 신경질적이었다.

"어떻게 해야 이 문제를 해결할 수 있을지 알아봐야 할 거 아냐."

민진은 최대한 차분한 목소리를 내기 위해 노력했다. 품속 상자가 걷잡을 수 없이 무겁게 느껴졌다.

"그거야 내일 만나서 얘기하면 되지. 새별, 너도 나올 수 있지? 언제 어디서 모일지는 카톡으로 정하자."

희미가 휴대폰의 화면을 켜 시간을 확인하더니 수선을 떨었다.

"이러다 진짜 들키겠는데. 야, 빨리 가자, 빨리."

그런 다음 큰길가로 이어지는 계단을 올라 마을 쪽으로 가
버렸다. 그 모습을 물끄러미 바라보던 민진이 새별을 향해 시
선을 돌렸다.

"그럼 우리도 갈까?"

새별이 고개를 끄덕였다. 둘은 나란히 걷기 시작했다. 선팅
을 짙게 한 승용차 두어 대가 옆을 지났다. 새별이 먼저 횡단
보도를 건너며 민진을 흘끔거렸다. 민진이 상자를 받친 팔에
힘을 준 채로 뒤를 따랐다.

하천 건너에 조성된 주택가는 절반 이상 비어 있었다. 도로
를 향해 일렬로 배치된 상가 주택들에는 임대 매매 문의 플래
카드들이 붙어 있었다.

관리 소홀 때문인지 벌써부터 아스팔트가 깨지고 부서진
길 양편에는 트럭이며 봉고차 따위가 주차돼 있었다. 공사장
한편에는 한때 부동산 사무실로 쓰였을 법한 컨테이너 박스
가 방치돼 있었다. 엉성하게 쌓인 건축 자재 옆을 지나던 민
진이 경계하는 듯한 태도를 취했다. 널빤지 아래 틈에서 무슨
소리가 났다. 바람 때문은 아닌 것 같고. 쥐인가? 아니면 고양
이? 그러고 보니 야옹 하는 소리를 어렴풋하게 들은 것도 같
았다.

고백하자면 민진은 고양이를 싫어했다. 유리구슬 같은 눈

동자는 섬뜩했고 얌체 같은 태도는 껄끄러웠다. 새를 좋아하면서부터는 우연히 맞닥뜨리는 일조차 마뜩잖아하게 됐다.

새별은 상의 주머니에 손을 넣고 앞만 보고 나아갔다. 민진은 잠깐만 기다려달라고 말하려다 그만두었다. 상자 안 상황에 관심을 기울이느라 새별과 대화를 시도할 여유가 없는 건 사실이었다. 그렇다고 해도 새별의 태도는 심하다 싶을 만큼 무관심했다. 횡단보도 앞에서 이쪽으로 따라오라 안내하는 것처럼 곁눈질한 이후로 새별은 단 한 번도 옆을 돌아보지 않았다. 민진은 서운한 마음을 애써 지워버렸다.

둘은 또 한번 횡단보도를 건넜다. 공원에서는 한 무리의 소년들이 농구 시합을 벌이고 있었다. 빨간 털모자를 쓴 여자가 개를 산책시키고 있었다. 자전거를 탄 남자가 그들을 앞질렀다. 녹다 만 눈 위에 누구의 것일지 모를 온갖 발자국이 찍혀 있었다.

점포들이 영업을 마친 후에도 간판의 불은 꺼지지 않았다. 코트 차림의 남녀가 상대를 의식하는 듯한 몸놀림으로 무인 카페 앞에서 발걸음을 늦추었다. 그 옆은 24시간 편의점이었다. 유리창 너머로 진열대를 정리하는 점원의 모습이 보였다.

같은 도시에 속해 있다고 해도 신시가지는 달끝마을 인근과는 달랐다. 부지는 용도에 따라 구획돼 있고 길에는 밤늦게까지 사람들이 오갔다.

종이 상자를 든 손가락이 시려 민진은 핫팩을 이 손에서 저 손으로 여러 번 옮겨 쥐어야 했다. 그러다 방금 지나친 가로등에 불이 나가 있음을 알아차렸다. 새별 역시 이를 눈치챘는지 무심한 몸놀림으로 가로등을 넘겨다보더니 동그랗게 입술을 오므렸다. 삐익, 가파르게 비상하는 듯한 소리와 함께 가로등에 반짝, 조명이 들어왔다.

민진은 놀란 나머지 헛발을 내디딜 뻔했다. 혼자만의 생각에 빠져 있다 뒤늦게 민진의 존재를 알아챈 것처럼 움찔거리며 발길을 멈춘 새별이 어정쩡하게 뒤돌아섰다. 그러고 보니 새별의 키가 아까에 비해 한 뼘은 커 보였다. 부스스했던 머리카락에는 윤기가 흐르는 듯했고 테두리가 선명한 눈동자에는 이채가 감돌았다.

민진은 말로는 설명하기 힘든 위화감에 사로잡혔다. 우연인 거지? 새별, 네가 분 휘파람 때문이 아닌 거지? 그 같은 의문을 논리적으로 표현하기 위해 안간힘을 써보았지만 그러면 그럴수록 더더욱 터무니없는 것처럼 느껴졌다. 한참을 고민한 끝에 겨우 물었다.

"계속 궁금했는데 너 말이야, 거기에서 뭘 하고 있었던 거야? 갑자기 나타났잖아. 우리를 따라다닌 것처럼."

"나는 그냥 걷고 있었는데."

민진은 새별이 교묘하게 답을 피한다고 생각했다. 하지만 저런 식으로 모르는 척하는 이상 더 캐묻기도 곤란했다. 민진이 새별의 상의 주머니를 흘끔거렸다. 불거져 나온 오른 주머니가 아까부터 무진장 신경에 거슬리던 참이었다.

"주머니에는 뭘 넣고 다니는 거야?"

"아, 이거?"

새별이 오른손을 꺼내 들이밀었다. 민진의 추측이 옳았다. 새별의 손에 들려 있는 건 고양이 사료였다. 습식 캔.

"뭐, 일종의 뇌물이라고 할 수 있지."

"뇌물?"

"어."

이 정도면 충분한 해명 아니냐는 듯 어깨를 들먹이며 새별이 캔을 주머니에 도로 넣었다. 그때였다. 화단 쪽에서 바스락거리는 소리가 났다. 이어지는 야옹 소리, 잘못 들은 게 아니었다. 그건 틀림없는 고양이 울음소리였다.

민진이 잔뜩 겁먹은 표정으로 뒷걸음질했다. 어둠 속에서 노르스름한 형체가 모습을 드러냈다. 온몸이 노란 털로 뒤덮이다시피 한 고양이였다. 입 주변과 배 부위 일부만은 눈처럼 새하얬다. 고양이가 가르랑 소리를 내면서 새별의 종아리에 이마를 비볐다.

"왜 여기까지 나와 있어? 다른 애들이 시비라도 걸면 어쩌려고."

몸을 숙인 새별이 고양이를 만져주었다. 그때 종이 상자 안에서 미약한 소리가 들렸다. 민진이 울상을 지으며 상자를 꽉 끌어안았다.

"고, 고양이잖아."

"어, 이름은 유자. 내가 붙여줬어. 털색이랑 잘 어울리지? 엄마를 잃고 형제들 중에 혼자 살아남았대. 대견하지 않아?"

새별은 묻지도 않은 것들까지 세세하게 늘어놓았다. 민진이 우물거렸다.

"준후는 지금 새라고. 고양이를 무서워할 게 뻔하잖아."

물론 나도 고양이라면 질색이지만. 민진은 미처 하지 못한 말을 삼켰다.

"미안. 거기까지는 생각 못했어."

새별은 예상외로 순순히 사과했다. 그러더니 주위를 맴돌며 가르랑거리는 고양이를 얼렀다.

"조금만 있다가. 화내지는 말고. 그래, 알았다니까."

유자라는 이름의 그 고양이는 항의라도 하는 것처럼 야옹 야옹 울더니 불만스러운 눈초리로 민진을 올려다보았다. 그러곤 곧게 뻗은 꼬리를 흔들면서 왔던 곳으로 사라졌다.

"쟤랑 친해?"

민진이 물었다. 새별이 일어나 백팩을 다시 멨다.

"좀 알지."

앞서 걷는 새별을 바라보면서 민진은 그가 고양이 같다고 생각했다. 사뿐사뿐 소리를 내지 않는 걸음걸이부터 확실히.

공원 중간의 갈림길에서 새별이 민진에게 인사했다.

"너는 저쪽이지? 나는 이쪽. 그럼 내일 봐."

"그래, 안녕."

민진이 불현듯 호기심에 이끌려 뒤를 돌아보았다. 역시 그랬다. 새별의 곁에 아까 그 고양이가 따라붙어 있었다. 종아리에 닿을 만큼 바짝 옆구리를 붙이고 있는 모양새가 무척 친근해 보였다.

고양이가 저렇게 상냥한 동물이었어? 민진은 조금 의아하다는 생각이 들었다. 그러다 곧 결론 내렸다. 뇌물 때문이겠지. 습식 캔 말이야.

민진이 아파트 출입구를 통과해 돌계단을 밟고 내려갔다. 난간 옆 화단에는 목련과 진달래, 벚나무와 함께 산수유나무 몇 그루가 심어져 있었다. 잎을 떨군 가지들이 을씨년스러워 보였다. 그러나 민진은 산수유나무에 무르익었던 열매들을 기억했다. 붉고 갸름한 그 과실을 쪼아먹던 물까치며 직박구리 같은 새들도. 새를 사랑한다는 건 나무와 풀과 내와 연못을 눈여겨본다는 것과 같은 뜻이었다.

어린이집과 놀이터, 커뮤니티 센터를 지나 민진이 자신이 사는 동 근처에 다다랐다. 테니스코트 옆에서 걸음을 멈추고 거실 쪽으로 난 창문을 셌다. 1층, 2층, 3층…… 9층에서 눈길이 멎었다. 검은 유리창이 서늘해 보였다. 민진은 그 차가움의 의미를 알았다.

민진이 출입문 앞으로 다가갔다. 상자가 기울지 않도록 주의하면서 월 패드에 호수와 비밀번호를 입력했다.

─이사를 가면, 새 아파트에서 살게 되면 괜찮아질 거야. 지금보다 훨씬 나아질 거야. 민진아, 우리 노력해보자. 다시 시작하는 거야. 나도 약속할게. 그럴 수 있지?

어머니는 이사를 앞두고 속상해하는 민진을 달래며 그렇게 말했다. 그때는 민진도 그럴 거라고 믿었다. 어쩌면 믿는 시늉을 하고 싶었을 뿐일까?

마침 중학교를 졸업하는 시기가 머지않아 다행이지 않느냐고 어머니는 확인이라도 하듯 재차 물었다. 민진은 마지못해 고개를 끄덕였다. 하지만 스스로 결정할 수 있었다면 민진은 결코 이사를 선택하지 않았을 것이다. 어머니가 언짢아하지 않으리라는 확신만 있었다면 대답했을 것이다. 아니요, 저는 이곳을 떠나고 싶지 않아요.

민진은 아직도 이 아파트가 낯설었다. 현관문을 열고 들어갈 때마다 남의 집에 초대도 받지 않고 찾아가는 것처럼 머쓱한 기분이 들었다. 인테리어에 맞춰 새로 구입한 가죽 소파도 익숙해지지 않았다. 민진은 낡은 패브릭 소파가 그리웠다. 팔걸이에 엎지른 토마토주스의 흔적마저.

이사한 지 일 년이 넘었지만 다용도실에는 제자리를 찾지 못한 물건들이 뒤죽박죽 섞여 있었다. 민진은 잃어버린 줄 알았던 머그컵을 며칠 전에야 우연히 수납장에서 발견했다.

민진이 엘리베이터의 버튼을 누르고 다시 꽉 상자를 붙잡았다. 곧 엘리베이터의 문이 열렸다.

민진이 이해하기에 불화는 대개 감추려 하지 않을 때 깊어졌다. 드러내고 고백할 때 심각해졌다. 그래서였을까, 민진은 그날 희미를 보면서 감탄하고 말았다. 준후에게 소리를 지르며 엉엉 울던 희미가 대단하다고 생각했다. 민진이 희미 앞에서 평소답지 않게 예민하게 굴었던 것도 같은 이유에서였을까? 희미는 의도하지 않았을지 몰라도 그의 솔직함은 민진을 안절부절못하게 만들었다.

민진이 엘리베이터에서 내렸다. 도어록을 해제하기 전 상자 쪽으로 상체를 숙이고 속삭여주었다.

"걱정하지 마. 무서워하지 않아도 돼. 진짜야."

아버지는 일주일째 출장중이었다. 어머니는 오늘도 야근을 한다고 했다. 어머니는 정시에 퇴근해 집에 온다고 해도 대개 서재에 틀어박혀 있었다.

희미를 설득하기 위해 꺼낸 말이기는 했지만 한때 새를 키웠다는 건 지어낸 얘기가 아니었다. 한 가지 털어놓지 않은 사실이라면 그 문조가 민진에게 맡겨진 지 한 달이 지나지 않아 죽었다는 것이었다. 어머니는 갑자기 추워진 날씨 탓일 거라며 슬퍼하는 민진을 위로해주었다. 민진은 자신의 무지를 얼마나 후회했는지 몰랐다.

민진은 새별의 손에 감싸인 곤줄박이를 바라보면서 다짐했다. 저 새만큼은 내가 꼭 지켜줄 거라고. 그 새를 자신에게 맡겨달라고 희미를 설득한 것도 그 때문이었다. 새는 복잡하고 민감한 존재였다. 세심하게 돌봐주지 않으면 안 됐다.

외투도 벗지 않은 채로 민진이 다용도실로 걸음을 옮겼다. 작년 여름, 민진은 선풍기를 찾으려 다용도실을 뒤지다 주인을 잃은 새장이 이 집까지 딸려 왔다는 걸 알게 됐다. 그 새장은 문조를 입양하며 들인 물건 중 하나였다.

민진이 새장 속 먼지를 털었다. 지퍼백에 넣어 다니며 산책로에 한 움큼씩 뿌려주곤 했던 새 모이를 덜어 모이통에 넣고 물그릇도 채워주었다. 이만하면 며칠간 임시로 지낼 환경으로 나쁘지 않을 듯했다.

민진이 책상 위에 올려둔 종이 상자를 열었다. 곤줄박이는 구석에 미동도 없이 웅크리고 있었다. 민진이 조심스럽게 새를 들어 새장에 넣어주었다. 새가 가볍게 뛰어올라 홰에 앉았다. 민진이 새장 안을 탐색하듯 고개를 갸웃거리는 새를 향해 말을 걸었다.

"약속해, 네게 나쁜 일이 생기지 않도록 도와줄게."

민진은 곤줄박이를 좋아했다. 멧새와 동고비, 동박새와 때까치, 어치와 종다리와 찌르레기 같은 새들에게도 마음이 갔지만 그중에서도 특히 곤줄박이가 귀엽다고 생각했다. 검은 무늬와 잿빛 날개, 갈색 몸의 조화가 무척 사랑스럽게 느껴졌다.

준후가 다른 새도 아니고 곤줄박이로 변해 다행이라고 말한다면 희미는 어떤 반응을 보일까? 무슨 말도 안 되는 소리냐며 화를 내겠지?

민진이 패딩점퍼를 벗었다. 쌍안경은 서랍에 넣어두었다. 세수를 했고 이를 닦았으며 잠옷으로 갈아입은 다음 방으로 돌아왔다. 들킬 가능성은 거의 없었다. 부모님은 이사를 한 뒤부터는 더욱이 민진의 방에 들어오지 않았다. 가까이 앉아 대화를 나누기는커녕 얼굴을 마주할 일부터 드물었다.

전등을 끈 민진이 침대에 반듯하게 누웠다. 그제야 인터넷 강의를 시청하는 걸 깜빡했다는 게 떠올랐다. 아침에 일어나자마자 인강부터 들어야지. 이불을 끌어올리며 혼잣말했다. 왜 이렇게 피곤한 거지? 생각을 해야 할 것 같은데. 준후를 사람으로 되돌릴 방법을 고민해봐야 할 것 같은데. 하지만 그러는 사이 민진은 반쯤 잠들어 있었다.

잠시 후 침대맡 창문 뒤에서 불그스름한 빛이 비쳤다. 불길한 기운이 감도는 그 광휘는 블라인드 틈새를 밝히며 방안으로 스며들었다. 곤줄박이가 이를 알아채고 날갯짓하며 재재거렸다.

그러나 이를 알아차리기에 민진의 잠은 몹시 깊었다.

다음날 아침, 민진은 눈을 뜨기 무섭게 새장부터 확인했다. 곤줄박이는 간밤을 무사히 보낸 모양이었다. 홰에 앉아 까만 눈을 반짝이며 민진을 올려다보았다. 식사의 흔적인 듯 모이통 밖으로 모이 몇 알이 튀어나와 있었다. 민진이 안경을 쓰며 인사했다.

"좋은 아침이야. 잘 잤어?"

곤줄박이가 조그맣게 지저귀었다. 민진이 웃음기 어린 말투로 덧붙였다.

"그럼, 나도 잘 잤지."

휴대폰에서 알림음이 울려 확인해보니 희미에게서 카톡이 와 있었다. 몇 시에 어디에서 만나느냐는 물음이었다. 뭐라고 답을 할까 고민하면서 거실로 나왔을 때 어머니는 소파 팔걸이에 접어 둔 코트를 막 집어 들려는 찰나였다.

"일어났니?"

착 가라앉은 음성에서 피로감이 묻어났다.

"네."

민진이 시선을 깔았다. 숨기는 게 있어서인지 어머니를 똑바로 바라보기가 어색했다. 어느새 코트를 걸친 어머니가 주방 쪽을 가리키며 말했다.

"간단하게 차려놨어. 식기 전에 먹어. 우유도 데워놨으니 마시고."

"내가 차려 먹어도 되는데."

민진이 중얼거렸다. 숄더백을 어깨에 멘 어머니가 민진의 팔을 토닥여주었다.

"아침은 내가 챙겨주고 싶어서 그래."

그러더니 현관으로 가 신발장을 열었다.

"그릇만 식기세척기에 넣고 돌려줘. 점심도 잘 먹고. 저녁은 어떻게 할래?”

“알아서 사 먹을게요.”

민진이 대답했다. 어머니가 미소를 짓자 입가에 팬 주름이 깊어졌다.

“고마워, 딸. 필요한 거 있으면 문자 하고. 이따 봐.”

민진은 어머니가 현관을 나설 때까지도 같은 자리를 지키고 있었다. 딸깍 하는 소리가 거실을 울리기 무섭게 “휴” 숨을 뱉으며 앞머리를 쓸었다. 다행히도 어머니는 집에 새가 있다는 걸 눈치채지 못한 듯했다.

민진은 모이통을 청소하고 모이를 새로 넣어주었다. 주방으로 돌아와 식탁 앞에 앉아 식은 우유를 홀짝였다. 접시 옆에 놓아둔 휴대폰이 연이어 알림음을 냈다.

「왜 읽씹?」

「그래서 몇 시에 어디서 만나냐고?」

「답 없음 내 맘대로 정한다?」

희미가 전송한 카톡 메시지 옆의 숫자가 사라졌다. 하지만 새별은 묵묵부답이었다. 민진이 서둘러 답 메시지를 써넣었다.

「두시 분식집 앞 어때?」

그 시간이면 수학 학원을 가기 전에 잠시 들르기 괜찮을 듯했다. 희미는 둘의 무성의함에 짜증을 내면서도 민진이 제안한 시간과 장소에 불만을 표시하지는 않았다. 다만 준후를 데리고 나오라고 신신당부했다. 민진은 그럴 수 없다고 설명하다가 이내 포기해버렸다. 가뜩이나 긴장하고 있을 텐데 새를 어떻게 데려가라고?

그럼에도 희미는 단념하지 않았다. 피곤할 만큼 끈질기게 굴었다.

「박민진! 카톡 보고 있는 거지?」

「준후랑 꼭 같이 보는 거다!」

민진이 한숨을 쉬며 카톡 창을 닫았다. 휴대폰이 서너 번 더 진동했으나 확인하지 않았다. 인강을 듣고 문제집을 풀고 나니 정오가 지나 있었다. 민진은 혼자 점심을 차려 먹었고 식기세척기를 작동시켰다. 외출 준비를 마치고 백팩의 어깨끈을 두 손으로 붙든 채로 새장 속 새에게 말을 건넸다.

"금방 다녀올게. 잘 있어야 해."

아파트 단지를 나와 횡단보도를 건넜다. 평일 오후의 상점가는 한산했다. 어제까지만 해도 귓불이 아릴 만큼 추웠던 것 같은데 오늘은 바람이 그보다는 온화하게 느껴졌다. 편의점 옆 골목을 돌자 새별이 상가건물 앞에 서 있는 것이 보였다. 메시지에 답은 안 하더니 약속 시간에는 맞춰 나왔네. 민진이 의아하다는 표정을 지었다. 새별은 어제와 마찬가지로 위아래 색이 같은 트레이닝복 차림이었다. 어제에 이어 오늘의 색 역시 파랑이었다.

민진이 새별에게 눈인사했다. 햇살이 민진의 테니스화 앞코에 머물렀다. 올해 겨울은 유독 덜 추웠다. 그러다가도 겨울답지 않은 날씨에 방심하고 있던 사람들을 수일이 넘도록 끔찍한 추위에 시달리게 했다. 뉴스에서는 기후 변화 때문이라고 했다.

단톡방에서 온갖 훈계를 늘어놓은 주제에 희미는 가장 늦게 나타났다. 길모퉁이를 지나 민진을 위아래로 훑기 무섭게 더플코트의 모자를 거칠게 벗으면서 소리를 질렀다.

"준후는! 왜 안 데리고 온 거야!"

"스트레스를 받아서 안 된다고 했잖아."

민진은 자신도 모르게 날카로워지는 말투를 누그러뜨리며 덧붙였다.

"모이도 먹고 물도 마셨어. 내가 잘 돌봐준다니까, 진짜로. 걱정하지 않아도 돼."

"말이 안 통하네. 잘 들어, 너희들."

희미가 손을 흔들어 둘을 자기 쪽으로 모여들도록 했다.

"어젯밤에 준후가 집에 들어오지 않아서 난리가 났다고. 온 동네가 발칵 뒤집혔단 말이야. 엄마가 나한테 뭐 아는 거 없냐고 물어보는데 거짓말하느라 혼났어. 우리 모두 경찰 조사를 받을지도 몰라. 이렇게 태연하게 굴 일이 아니라고."

그러고 보니 간밤 잠이라도 설쳤는지 희미의 눈자위가 충혈돼 있었다. 민진은 준후는 물론이고 준후의 부모님께도 뒤늦게 죄송한 마음이 들었다. 이런 식으로 지금 상황을 비밀에 부쳐야 한다는 사실이 불편했다. 걱정하고 계실 텐데. 여기저기 정신없이 수소문하고 계실 텐데. 준후가 무사하다는 말을 전할 수도 없다니.

그런 민진을 마주보며 희미가 윽박지르듯 물었다.

"너 어제 준후랑 같이 있다가 다른 사람이랑 마주친 거 아니지? 그렇지?"

"어, 어……"

민진이 어쩐지 자신감이 떨어지는 태도로 우물거렸다. 아까부터 아무 말이 없던 새별이 나지막이 뇌까렸다.

"어차피 조만간 정리될 텐데."

"뭐?"

희미가 새별을 돌아보며 미간을 찌푸렸다.

"기억하지 못하게 될 거라고. 준후의 존재를. 준후 자신도 그렇고."

그 말이 떨어지자마자 희미가 새별 쪽으로 바짝 다가들며 다그쳤다.

"방금 그 말 무슨 뜻이야? 어제부터 자꾸 이상한 소리를 늘어놓는데 무슨 뜻인지 똑바로 설명을 좀 해보라고."

희미의 닦달이 들리지 않는 듯 새별이 주머니에 손을 찌르며 고개를 돌렸다.

"아, 배고프다."

희미와 민진이 새별의 눈길이 향한 곳으로 시선을 던졌다. 바로 뒤에 있는 분식집이었다. 꽉 닫힌 문틈으로 무슨 냄새라도 풍기는지 새별은 코까지 킁킁거렸다. 맥이 탁 풀린 희미가 어이없다는 듯 물었다.

"점심 안 먹었어?"

"당연히 먹었지."

새별이 어슬렁어슬렁 걷기 시작했다. 뜨악한 표정을 한 희미가 민진을 향해 고갯짓했다. 둘은 새별을 따라 발걸음을 옮겼다. 다소 이른 오후. 카페에는 빈자리가 많았고 휴대폰 대리점 앞에 놓인 스피커에서는 유행하는 걸그룹의 노래가 흘러나왔다.

셋은 상점가를 헤매고 다녔다. 희미가 밀크티를 마시자고 제안하자 새별은 케이크를 먹고 싶다고 대답했고 민진이 그러면 근처 카페에 가보는 게 좋겠다는 의견을 내기가 무섭게 새별이 햄버거는 어떠냐고 반문했으며 참다못한 희미가 왜 자꾸 먹는 얘기만 하느냐고 화를 내면서 대화는 흐지부지되고 말았다. 이런 과정이 서너 차례 반복되자 민진은 지친 나머지 아무 말도 하고 싶지 않아졌다.

새별이 즉석 사진 가게 앞에서 발길을 멈추었다.

"여기 한번 안 가볼래?"

"즉석 사진?"

기도 안 찬다는 듯 혀를 차면서 희미는 혼자 획 가버렸다.

"너희 둘이 같이 찍던가."

"꼭 한번 찍어보고 싶었는데."

가게 안에서는 그들 또래로 보이는 여학생들이 촬영용 소품을 고르며 웃고 있었다. 미련이 남은 듯한 태도로 새별은 한동안 유리창 앞에 들러붙어 있었다.

셋은 우여곡절 끝에 와플가게를 발견하고 안으로 들어갔다. 새별은 와플에 젤라또까지 시켰다. 희미가 냉큼 창가 자리에 앉았다. 진동벨이 울리자 민진이 일어나 주문한 메뉴들을 받아왔다.

그때까지도 손가락 하나 까딱하지 않고 있던 새별이 휴대폰을 꺼내 와플 사진을 찍었다. 희미가 경쟁적으로 휴대폰의 카메라를 켜 자신이 시킨 메뉴를 촬영했다.

이 겨울에도 새별은 젤라또를 맛있게도 먹었다. 와플에 얹힌 크림을 먹어치운 희미가 한숨 돌렸다는 듯 굳어 있던 입매를 풀더니 민진을 향해 질문을 던졌다.

"준후 언제까지 데리고 있을 거야?"

민진이 안경테를 매만지며 대답했다.

"음, 아마도…… 사람으로 되돌릴 방법을 찾을 때까지?"

"못 찾으면? 쭉 너랑 같이 있는 거고?"

희미의 말투는 시비조에 가까웠다. 민진이 재빠르게 심호흡한 다음 최대한 침착하게 자기변호에 나섰다.

"네가 나한테 이러는 이유를 모르겠는데 나는 너를, 우리를 돕고 있다고. 여기에 다른 의도가 있는 것 같아?"

그러자 "탁" 소리가 나게 포크를 내려놓은 희미가 벼르고 있던 질문을 던졌다. 이른바 정면승부.

"박민진, 솔직하게 대답해봐. 너도 준후 좋아하잖아. 그래서 그 새를 못 내놓겠다는 거잖아. 아냐?"

노골적인 질문에 당황한 민진이 입을 꾹 다물었다. 바로 그때 포크로 와플을 찌르고 있던 새별이 불쑥 한마디를 뱉었다.

"나도 준후 좋아하는데."

"뭐? 뭐라고?"

희미가 놀라 더듬거렸다.

"네가 준후를…… 어쨌다고?"

"왜? 나는 준후를 좋아하면 안 돼?"

새별이 와플 한 조각을 입으로 옮기며 반문했다. 예상치 못한 지원에 힘을 얻은 민진이 그 기회를 놓치지 않고 공격에 가세했다.

"그러는 너는? 거기서 뭘 하고 있었는데?"

"내가 뭘?"

희미가 찔리는 구석이라도 있는 것처럼 눈을 깜빡였다.

"언덕 쪽에서 내려왔잖아. 거긴 마을과 정반대 방향인데. 그 시간에 뭘 하고 있었던 거야? 네가 정확하게 설명을 해야 우리도 상황을 제대로 파악할 거 아냐."

"아, 그, 그건……"

희미는 아니라고 우기려다 말고 눈을 내리깔더니 말없이 포크만 만지작거렸다. 민진이 의미심장한 어조로 덧붙였다.

"너 우리한테 뭔가 숨기고 있지, 맞지?"

눈시울이 뜨거워지는 걸 느끼면서 희미가 입술을 깨물었다. 그 언덕을 오를 때까지만 해도 희미는 믿었다. 준후 역시 자신을 좋아할 거라고. 진심을 다해 빌면 소원이 이루어진다고.

하지만 오늘의 희미는 어제의 그와 달랐다. 한 번 난 상처는 쉽게 낫지 않았다. 아니, 완전히 낫는다고 해도 이전과 같아질 수 없었다. 흉터가 남았으니까.

"나, 나는 그냥……"

뭔가를 설명하려고 애쓰던 희미가 쥐고 있던 포크를 놓으며 고개를 떨구었다.

"모르겠다. 우리가 여기서 왜 이러고 있는지, 이게 다 무슨 짓인지."

"어떤 일은 아무런 이유 없이 벌어지기도 해. 사소한 우연이 겹쳐서. 그뿐이야."

그렇게 주장하는 새별의 태도가 전에 없이 진지했다. 즐거운 상상이라도 하는 것처럼 표정이 일변한 민진이 아까부터 이 질문은 꼭 하고 싶었다는 듯 슬그머니 물었다.

"그래도 다행이지 않아? 곤줄박이는 귀엽잖아."

"너는 대체. 지금 무슨 소리를 하는 거야?"

희미가 황당하다는 듯 되물었다. 새별이 쿡 하고 웃었다. 휴대폰을 확인한 민진이 허둥지둥 백팩을 걸머멨다.

"먼저 일어설게. 수학 학원에 가봐야 해서."

"뭐라고? 아직 아무것도 해결 못했는데."

희미가 울상을 지었다.

"그러니까 더더욱 지금 할 일을 해야지."

민진이 의자를 밀며 일어섰다.

"저녁에 단톡방에서 마저 얘기하자."

"사람을 여기까지 불러놓고 너무한 거 아냐?"

씩씩거리는 희미를 향해 가볍게 손을 흔든 민진이 그대로 유리문을 밀고 나갔다. 덜커덩 소리와 함께 다시 문이 닫혔다. 흘러내린 백팩을 고쳐 메려던 민진은 가게 앞에서 고양이 한 마리를 발견하고 기겁해 가슴을 쓸어내렸다.

"깜짝이야."

볕이라도 쬐는지 몸을 웅크리고 있던 고양이가 무심한 눈초리로 민진을 넘겨다보았다. 초록색 눈동자가 영롱하게 빛났다. 어색하게 손바닥을 들어 보이며 민진이 슬금슬금 옆걸음질했다. 그 고양이를 어디서 본 듯하다는 생각을 흘려넘기면서 곧장 햇살이 쏟아지는 거리로 달려나갔다.

3. 기억 속의 여자아이

창문 아래에 입김이 고였다. 파자마 소매를 내린 희미가 뿌옇게 흐린 유리를 닦았다. 격자창살 사이로 앞마당이 내려다보였다. 말라버린 우물과 화단, 감나무 한 그루.

거실 한편의 미닫이문을 열면 나오는 공간이었다. 누마루는 희미가 이 집 하하헌夏河軒에서 가장 좋아하는 장소였다. 요즘 같은 시기에도 별도로 난방을 하지 않아 몹시 추웠지만 희미는 일과처럼 누마루에 방석을 깔고 앉아 앞마당을 구경하곤 했다. 여름에는 저녁을 두둑이 먹고 배가 부른 상태에서 대자로 누워 있다 깜빡 잠들어버리는 바람에 모기에게 뜯긴 것도 여러 번이었다.

파자마 소매를 정돈한 희미가 방석 위에 포개고 있던 다리의 모양을 바꾸었다. 담요에 감싸인 무릎을 안으며 시선을 들었다. 이마가 창문에 닿을 듯 가까워졌다. 깨끗해진 유리창에 금세 다시 김이 서렸다.

창밖 풍경은 매일 바뀌었다. 비가 내리고 안개가 깔릴 때마다 기와지붕 아래에 달린 풍경 소리가 다르게 들리듯이.

희미가 앉은 자세를 유지한 채로 고개만 살짝 돌려 화단 옆 감나무를 응시했다. 엄마가 설명하기를 그 나무는 희미가 태어나고 바로 다음 해에 심은 것이라고 했다. 그 때문인지 희미는 그 감나무가 동생처럼 느껴졌다.

꼭대기에 남겨두었던 감들은 사라지고 없었다. 지난가을, 감나무에는 감이 제법 많이 열렸다. 희미는 아침마다 교복 차림으로 대문을 나서기 직전 주홍색 열매가 익어가는 모습을 살피며 괜스레 뿌듯해하곤 했다.

감나무 옆으로는 맞배지붕의 건물이 자리잡고 있었다. 종이를 바른 살창으로 빛이 새어나왔다. 한때 곳간으로 쓰였던 그 목조 건물은 이제 엄마의 작업실로 개조됐다.

엄마의 직업은 목수였다. 나무를 다루는 사람답게 엄마에게서는 늘 달콤하고 쌉싸름한 냄새가 풍겼다. 그건 엄마의 작업실에 어린 냄새이기도 했다. 톱밥과 수액의 냄새. 희미가 몹시 사랑하는 냄새.

멍하니 창밖을 바라보던 희미가 그날 민진과 벌인 설전을 상기하며 무심결에 미간을 찌푸렸다. 희미는 그날 민진이 보인 행동을 이해할 수 없었다. 민진은 왜 준후를 데리고 나오지 않았을까? 희미의 요구가 과하다고 여겼을까? 하지만 희미는 준후가 무사한지 확인하고 싶었을 뿐이었다. 그 부탁에 다른 의사는 없었다.

나이 지긋한 주민들이 구성원의 대다수를 차지하는 이 마을에는 아이들이 거의 없었다. 희미 가족과 준후 가족이 지속적으로 왕래하며 가까이 지낸 건 어떤 면에서 당연한 일이었다. 담 하나를 사이에 두고 이웃한 데다 또래 아이들을 키우고 있었으니까. 어린 시절 준후는 곧잘 희미네 집에 맡겨졌다. 어제오늘 집안 분위기가 얼마나 험악했는지를 떠올리며 희미는 손톱을 물어뜯었다.

그러다 새별에게로 생각이 넘어갔다. 희미가 판단하기에 새별은 이 상황을 진지하게 받아들이는 것 같지 않았다. 게다가 같이 사진을 찍자니 내가 도대체 왜?

민진이 가버리고 둘만 남은 후에도 새별은 별말이 없었다. 그러면서도 와플은 부스러기 한 톨 남기지 않고 싹싹 긁어먹었다.

한 가지 성과라면 새별의 트위터 계정을 알아냈다는 것 정도일까? 새별은 예상 밖으로 선선히 자신의 계정을 알려주었다. 희미는 바로 새별을 팔로우했다. 새별은 희미의 첫 팔로워였다. 몇 달 전에 올린 트윗까지 샅샅이 조사했지만 희미는 새별과 관련해 쓸 만한 정보를 건지지는 못했다.

새별의 계정에는 주로 직접 찍은 듯한 사진들이 올라와 있었다. 솔직히 말하면 하나같이 시시한 사진들뿐이었다. 가로등과 횡단보도, 보도블록과 울타리, 불 꺼진 간판 같은 걸 왜 굳이 사진으로 남기는 거지? 그래서인지 팔로워도 많지 않았다. 길고양이 사진을 여럿 볼 수 있었다는 점만큼은 만족스러웠다.

그렇다고 의심을 완전히 떨친 건 아니었다. 희미는 새별이 뭔가를 숨기고 있다고 확신했다.

둘은 와플가게에서 나와 사거리까지 함께 걷다 헤어졌다. 희미가 코트 주머니에서 이어폰을 찾아 귀에 꽂으려는 순간, 털빛이 노란 고양이 한 마리가 그쪽으로 다가왔다. 희미가 이어폰 쥔 손을 내리며 반색했다.

"노랑아, 여기서 뭐해? 누구 기다려?"

왠지 모르게 낯익은 느낌이던 그 고양이는 꼬리를 빳빳이 세운 채로 희미를 요리조리 뜯어보았다. 그러더니 흥미를 잃은 듯 이내 몸을 돌려 관목 사이로 총총히 걸어 들어가버렸다.

물론 희미라고 자신에게 아무런 잘못도 없다고 주장하고

싶은 건 아니었다. 하지만 그 둘 앞에서 그토록 적나라한 시선을 받고 있자니 차마 입이 떨어지지 않았다. 그들에게 그 나무를 찾아간 이유에 대해 밝혀야 한다면. 그래서 자신이 무슨 소원을 빌었는지 알려야 한다면.

희미가 입술을 깨물며 도리질했다. 안 돼, 절대로. 나는 그 일에 대해 털어놓지 않을 거야.

흐릿한 시선 끝에 누마루 처마에 매달린 새둥지가 보였다. 작년에도 제비는 돌아오지 않았다. 그럼 올해는 어떨까? 오래도록 비어 있던 보금자리가 새 가족을 맞을까?

지금으로부터 십여 년 전 살던 집을 정리하고 달끝마을로 이사하는 게 어떻겠느냐고 제안한 사람은 아빠였다. 외할아버지를 떠나보내고 이 집에 혼자 기거하던 외할머니가 주무시듯 조용히 돌아가시고 반년이 지났을 무렵. 아빠는 기존의 거주지에서 벗어나 사는 환경을 바꾸는 문제에 몹시 적극적이었다. 결정을 내리기 힘들어한 쪽은 도리어 엄마였다. 엄마에게는 하하헌에 들어가는 것이 과거로 돌아가는 것과 같은 의미였을 테니까.

이 한옥에 하하헌이라는 이름을 붙인 건 외증조부였다. 소학교 교원이던 그는 첫 근무지였던 이 마을에 애정을 품게 됐고 기와를 올린 일곱 칸짜리 안채를 비롯해 집을 짓기로 결심

했다. 전해 듣기로는 기존의 한옥을 허물면서 거기서 나온 나무며 기와를 가져다 썼다고 했다. 그런 까닭에 이 집의 기둥이며 들보 따위에는 옛 시절의 나무와 그 시절의 나무가 함께 사용됐고 기와 역시 낡은 것과 새것이 나란히 놓였다.

외할아버지의 직업 역시 목수였다. 외할아버지는 자신의 부모님에게서 물려받은 집을 아꼈고 정성을 다해 보수했다. 오래된 기와집은 수선할 곳이 적지 않았다. 그 일은 고스란히 엄마에게 맡겨졌다.

마루 널이 벌어지고 문살이 파손되고 목재에 금이 갈 때마다 엄마는 허리에 손을 얹은 채로 이렇게 말하곤 했다.

"내가 목수라서 얼마나 다행인지 모르겠네."

엄마는 낙천적인 사람이었다. 목소리는 반올림한 것 같았고 몸동작은 크고 거침없었다. 반면 아빠는 감정적인 동요가 적은 편이었다. 희미는 언젠가 절반쯤은 시샘하는 마음으로 이렇게 결론 내렸다. 저 둘은 매우 잘 어울리는 짝이라고.

살창으로 새어나오던 불빛이 꺼졌다. 문을 열고 나온 엄마가 턱을 들고 바깥 공기를 잠시 음미하는 듯하더니 창문 저편에서 희미를 발견하고 휘휘 팔을 저었다.

"추운데 거기서 뭐 하고 있어?"

"그냥. 생각할 게 좀 있어서."

희미가 창문을 열었다. 바람이 찼다. 안채 쪽으로 걸어가면서 엄마가 손짓했다.

"잘됐네. 거실로 와."

"왜?"

"일단 와보래도."

문을 당기며 엄마가 다시 한번 손짓했다.

"나 좀 도와줘. 얼른."

무릎담요를 두른 채로 희미가 어기적어기적 자리에서 일어섰다. 무지개색 수면양말이 문턱을 넘었다. 머리가 복잡한 날 특별히 꺼내 신는 양말이었다.

엄마는 거실에 들어와 있었다. 희미와 눈이 마주치기 무섭게 팔짱을 끼고 천장을 턱짓했다.

"내가 눈이 침침해서 그러는데 네가 대신 봐주라. 저기 저거 얼룩 맞지?"

희미가 옆으로 가 섰다. 흘러내린 무릎담요를 걷어 올리며 목을 빼 서까래를 살폈다. 그러고 보니 천장을 받친 목재 근처에서 희미한 얼룩이 보였다.

"어, 정말. 그런 것 같네."

"희지 말이 맞았네. 너희 언니가 은근히 눈썰미가 좋다니까."

천장을 뚫어져라 주시하면서 엄마가 덧붙였다.

"옛날 사람들은 대들보에 성주님이 계신다고 믿었대."

"성주님?"

"응. 집을 지켜주는 신이지. 부엌에는 조왕님, 장독대에는 칠성님을 모신 것처럼 대들보에는 성주님을 받든 거지. 참, 너도 그 얘기 기억나니? 외증조모님께서 이전에 살던 집에서 불씨를 가져오셨다는 거. 너도 외할머니께 들은 적 있을 텐데. 그게 바로 조왕님을 모셔온 거야."

희미도 기억하고 있었다. 희미는 외할머니를 유독 잘 따랐다. 언니인 희지와는 달리 외갓집에 맡겨진 채로도 엄마를 찾으며 울지 않았다.

그 시절 외할머니는 희미의 손을 잡고 앞마당을 거닐면서 이런저런 옛날이야기를 들려주시곤 했다. 도깨비불과 어둑서니, 달도 보이지 않는 밤에 대해. 터주와 성주와 조왕, 칠성과 업에 대해. 외할머니의 말씀에 따르면 업님은 집안사람들 중에서도 일부의 눈에만 보인다고 했다. 자신은 칠성님을 뵌 경험이 있다고도 했다.

새 신과 옛 신이 함께 늙어가는 그 같은 이야기들은 희미의 세상을 자라게 했다. 낮잠 속으로 스며들어 웃으며 잠꼬대하게 만들었다. 어떤 옛날이야기는 아이들을 키웠다.

엄마가 희미를 돌아보며 말했다

"나는 가끔 대들보를 올려다보며 빌어. 살아생전 외할머니께서 그러셨던 것처럼. 우리 가족을 잘 부탁한다고. 보살펴달라고."

희미가 툴툴거렸다.

"나도 아파트에서 살아보고 싶어. 친구들이 그러는데 아파트는 한겨울에도 따뜻하대. 마당에 쌓인 눈을 치울 필요도 없대. 우린 언제까지 이런 낡은 집에서 살아야 해?"

"그런 말 하면 못써. 이 집은 아직 튼튼하잖니."

그럼에도 희미가 인상을 펴지 않자 엄마가 엄한 말투로 타일렀다.

"여기 기둥을 봐봐. 아름답지 않니? 이 나이테 하나하나에 세월이 담겨 있는 거야. 이 시간의 흔적을 살펴보라고."

"그래도……"

말끝을 흐리던 희미에게 엄마가 단호하게 손을 들어 보였다.

"정희미, 엄마의 직업적인 견해를 존중해주겠니? 나는 나무가 좋아. 향기도 감촉도 모양도. 벌레가 먹어서 좋고 단단해서 좋고 열매를 맺어서 좋고 가시가 있어서 좋고 썩어서 좋아."

엄마의 말소리가 흡사 노래를 부르는 것 같았다. 그것이 엄마가 타인을 설득하는 방식이었다. 희미는 자신도 모르게 씩 웃고 말았다.

"그래, 웃으니까 보기 좋잖아."

엄마가 생각에 잠긴 말투로 얘기를 이었다.

"그러고 보니 곧 정월 대보름이네. 서운하기는 하지. 이제
는 아무도 더위팔기 같은 건 하지 않으니까. 예전에는 마을
사람들이 모여서 이런저런 행사를 벌이곤 했는데. 너도 기억
나지? 희지랑 같이 쥐불놀이했던 거. 우물터에서 의식을 치른
적도 있다고 하고. 나도 직접 본 적은 없지만."

"의식?"

"응, 신목 근처에 우물터가 하나 있거든. 언덕에 있는 큰 나
무 말이야. 아주 오래된 우물이래. 그 무렵에는 우리집 우물
에도 물이 차 있었다던데."

희미는 신목이라는 단어를 듣자마자 얼어붙었다. 엄마가
그를 바라보며 덧붙였다.

"참, 아까부터 계속 물어보려고 했는데. 그사이에 전해 들
은 건 없니? 친구들 사이에 떠도는 소문이라든가. 벌써 이틀
째잖니. 워낙에 착한 애니 별일이야 있겠냐 싶지만 준후 부모
님 걱정이 이만저만이 아니라서."

"아, 아니, 전혀."

당황한 탓인지 희미는 무의식적으로 말을 더듬고 말았다.
엄마가 그런 희미를 물끄러미 응시했다.

"뭐든 좋아. 마음에 걸리는 게 있으면 알려줘. 부탁할게."

"나도 몰라, 정말로."

"그래. 상황이 상황이다보니 아무래도 내가 걱정이 과한 모양이다."

중얼거린 엄마가 안방으로 걸어갔다. 속내를 들키지 않으려는 듯 희미는 한사코 바닥을 내려다보았다. 그러다 일순 눈썹을 움찔거렸다. 혹시나 하는 마음에 눈을 감았다 떠보았지만 소용없었다. 이게 도대체 뭐지?

하지만 엄마는 자신의 발밑에서 이상한 일이 벌어지고 있다는 걸 눈치채지 못한 듯했다. 문손잡이 쪽으로 손을 가져가려다 말고 다시 한번 희미에게 당부했다.

"너무 늦게 자지는 말고. 방학이라고 매일 늦잠 자는데 내일부터는 안 봐줄 거야."

"어, 알겠어."

희미가 건성으로 머리를 끄덕였다. 이럴 수가, 말도 안 돼. 카펫 위로 드리워진 엄마의 그림자가 제멋대로 꿈틀거리고 있었다. 그것도 모자라 그중 일부가 질척거리며 떨어져나오고 있었다. 그것들은 점성이 있는 물질처럼 자기들끼리 뭉쳐 전혀 다른 방향으로 꾸물꾸물 나아갔다.

엄마가 어정쩡한 자세로 굳어 있던 희미를 넘겨보며 재차 물었다.

"정희미, 내 말 듣고 있는 거지?"

"알았어, 알았다고."

그사이 그림자는 교묘한 몸놀림으로 벽과 벽 사이 모서리로 숨어들었다. 한숨을 쉰 엄마가 절레절레 고개를 흔들면서 안방 문을 열었다.

드르륵, 문 닫히는 소리가 들렸다. 안심한 희미가 가슴팍에 대고 있던 손을 내렸다. 그러나 거기서 끝이 아니었다. 이 순간만을 고대하고 있었다는 듯 벽 뒤편으로 모습을 감춘 그림자가 스리슬쩍 팔을 뻗었다. 무채색의 얼룩덜룩한 몸을 씰룩이며 거실 한 면을 뒤덮을 만큼 순식간에 몸집을 키웠다. 희미의 어깨에 걸쳐 있던 담요가 툭 하고 떨어졌다. 희미는 놀라 허둥거리다 소파에 털썩 주저앉고 말았다.

도자기 인형이 달그락거렸다. 전등이 꺼졌다 켜졌다.

살아 있는 거야? 설마 이 집이 살아 움직이고 있어? 겁에 질려 움츠리고 있던 희미는 소파 다리를 타고 오르던 그림자를 얼결에 찰싹 후려갈겼다. 엄살을 부리듯 과장되게 몸을 떨면서 그림자는 바로 옆 벽면으로 옮겨붙었다. 액자 테두리를 따라 늘어지는가 하면 여러 개의 뭉텅이로 쪼개져 장식장 위를 데굴데굴 굴러다녔다.

접시들이 쨍강거렸고 마루가 웅웅거렸다. 그러다 희미가 앉아 있던 소파까지 좌우로 조금씩 흔들리기 시작했다. 그 움직임이 점점 격렬해졌다. 소파 등받이를 붙든 채로 희미가 다급하게 외쳤다.

"미안해요! 화나게 하려던 건 아니었어요! 취소할게요! 아까 한 말 다 취소!"

그 즉시 거짓말처럼 요동이 멎었다. 카펫부터 접시, 도자기 인형까지 제자리에 얌전하게 멈췄다. 전등이 환하게 거실을 밝혔다. 그 광경이 얼마나 의뭉스러웠는지 하마터면 희미까지 아무 일도 없었다고 속아 넘어갈 뻔했다.

그러나 모두 끝난 건 아니었다.

주먹 크기로 줄어든 그림자가 느릿느릿 천장으로 올라갔다. 윙크라도 하듯 서너 번 재게 깜빡이더니 대들보 옆으로 감쪽같이 스며 들어갔다.

희미가 숨을 헐떡였다. 소파에서 일어서려다 무릎에 힘이 풀려 엉덩방아를 찧고 말았다. 그때 언니 방의 문이 열렸다. 희지는 앞머리에 헤어롤을 말고 있었다. 가늘게 뜬 눈가에 심술이 묻어 있었다.

희미는 이럴 때 언니의 심기를 건드리면 안 된다는 걸 경험으로 터득하고 있었다. 희지가 짜증 섞인 어투로 물었다.

"왜 그렇게 고함을 질러? 전화 통화하다가 깜짝 놀랐네."

"내가 고함을? 언제?"

당황한 와중에도 희미는 최선을 다해 시치미를 뗐다. 희지가 관찰하는 듯한 눈초리로 희미의 얼굴을 뜯어보았다.

"내가 말했지? 너는 거짓말하면 티가 난다고."

"아닌데."

"진짠데. 설마 준후 때문에 그래? 내가 장담하는데 걔는 무사히 돌아올 거야. 너무 걱정하지 마."

희지가 웬일로 어른스러운 시늉을 했다. 희미가 어색하게 머리를 주억거렸다. 희지가 손을 더듬어 헤어롤이 풀리지 않았음을 확인하더니 주방 쪽으로 몸을 돌렸다.

"또 있지도 않은 친구랑 놀고 있나 했지. 너는 어렸을 때부터 좀 유별난 애였으니까."

"그게 무슨 말이야?"

"기억 안 나? 엄마가 한동안 엄청 걱정했는데. 네가 어떤 여자애랑 곳간채에서 놀았다고 해서."

냉장고 문을 열려다 말고 희지가 희미를 곁눈질하며 콧등을 찡그렸다.

"뭐야, 그 얼굴은. 진짜 기억 안 나나보네."

"내가 어떤 여자애랑 놀았다고?"

순간 희미의 뇌리에 기억이 스쳐지나갔다. 꽃병, 새둥지, 사다리…… 그걸 잊고 있었다니. 그래, 분명히 그랬는데. 희미가 자리를 박차고 일어났다. 희지가 물병을 꺼내 쥐며 목소리를 높였다.

"야, 얘기하다 말고 어디 가?"

"그런 게 있어. 남의 일에 신경 끄시지."

혀를 쏙 내민 희지가 물병을 입에 댄 채로 꿀꺽꿀꺽 물을 마셨다. 희미는 스니커즈를 구겨 신고 밖으로 나갔다. 시린 손을 비비며 엄마의 작업실로 향했다. 불 꺼진 건물 앞에서 잠시 고민하다 조심스럽게 문을 밀었다.

잠겨 있지 않은 문이 삐거덕 밀려났다. 엄마도 참. 문단속 좀 잘하라니까. 투덜거리면서도 희미는 덕분에 쉽게 잠입할 수 있다는 데 안도했다.

문턱 너머에 익숙한 냄새가 고여 있었다. 나무 냄새, 엄마와 이 집과 목수들의 냄새. 내부는 어둡고 서늘했다. 조명을 켤까 하다가 그만두었다. 살창 사이로 불빛이 비쳐 무엇이 어디에 놓여 있는지 분간할 수 있을 만큼은 밝았다. 그럼에도 으스스한 기분을 떨칠 수는 없었다.

희미가 파자마 소매를 끌어내리며 안으로 들어갔다. 외투라도 입고 나올걸, 하고 후회해보았지만 이미 늦었다. 좌측

벽면에는 연장들이 걸려 있고 그 옆으로 널따란 작업대가 놓여 있었다. 그 작업대는 엄마가 호두나무를 다듬어 손수 만든 것이었다.

모퉁이 그늘진 곳에 설치된 선반에는 목재들이 보관돼 있었다. 창고로 사용되던 무렵과 내부 구조는 꼭같았다. 그러나 당시에는 버리지 못한 가재도구들이 쌓여 있어 훨씬 비좁아 보였다.

그날 희미는 나무 함에 등을 붙인 채로 쪼그리고 앉아 있었다. 달끝마을로 이사하고 처음 맞는 여름이었다. 엄마는 여간해서는 화를 내지 않았지만 막상 자매를 야단칠 때는 무척 엄하게 굴었다. 희미가 콧물을 훌쩍이며 앉은 자세를 바꾸자 묵은 먼지가 하얗게 피어올랐다.

스니커즈 밑창에 톱밥이 바스러지는 소리가 유독 크게 들렸다. 희미를 오늘 이곳으로 데리고 온 건 옛 기억이었다. 언니와 나누었던 짧은 대화가 망각 속에 묻혀 있던 과거를 되살아나게 했기에. 실재하지 않는다고 믿었던 것들을 의문하게 만들었기에. 그 의문은 그를 다시 확신으로 이끌었다.

문득 지난 며칠 동안 벌어진 일들이 아주 오래전부터 예정돼 있던 것처럼 느껴졌다.

"음, 아마도 이렇게 외치라고 했던 것 같은데."

어색함을 무릅쓰고 목청을 가다듬곤 손바닥을 부딪쳐 박수를 쳤다. 가볍게 세 번, 짝 짝 짝. 그런 다음 외쳤다.

"까치 까치 밥은 주홍 주홍 감, 감나무 꼭대기에 달려 있지."

귀를 돋우고 기다려보았지만 아무런 변화도 없었다. 들리는 것이라곤 그 자신의 숨소리뿐. 희미가 머쓱한 표정으로 어깨를 으쓱거렸다.

"들어가서 잠이나 자야겠다."

터덜터덜 문으로 걸어갈 때 바로 옆에서 무슨 소리가 들렸다.

"불러놓고 가버리는 건 무슨 경우야?"

이어지는 말소리가 무척 앳됐다.

"그사이 몇 년이 지났는지 알아? 나를 기억하고는 있었어?"

"물론이지. 그동안 잘 지냈어?"

옆을 돌아본 희미는 하마터면 비명을 터뜨릴 뻔했다. 둥근 옷깃을 덧댄 감청색 원피스 위가 텅 비어 있었다.

"뭘 그렇게 놀라?"

어디에서 흘러나오는지 모를 말소리가 허공을 울렸다. 보이지 않는 팔이 구부러지자 원피스의 소매가 접혔다. 앞코가 둥근 구두가 저절로 움직였다.

"아무도 내 얼굴을 기억하지 못하는데 당연하지 않아? 그래, 나를 부른 이유가 뭐야?"

허공에 떠오른 원피스가 빙글 희미를 향해 섰다. 마른침을 삼키며 희미가 얼굴이 있어야 할 자리를 뚫어져라 바라보았다.

그날 아침, 희미는 장독대 옆에서 배추흰나비를 잡으려다 무릎을 다쳤다. 그래서 오른 무릎에 반창고를 붙이고 있었다. 그 무렵 부모님은 살림을 정리하느라 바빴다. 이사하고 두어 달이 지났음에도 집수리가 완전히 끝나지 않은 상태였다.

자매는 점심을 먹고 마당을 뛰어다니며 놀다가 숨바꼭질을 했다. 희미가 눈을 가린 손을 내리며 돌아섰을 때 희지는 꼭꼭 숨은 뒤였다. 뒷마당이며 담장 근처를 탐색하다 집으로 들어와 누마루까지 확인했지만 언니를 찾지는 못했다.

희미가 발소리를 죽이고 안방으로 향했다. 옷장 옆으로 옷자락이 늘어져 있는 것이 보였다. 빙긋 웃은 희미가 아빠의 재킷을 뒤집어쓴 채로 엎드려 있던 희지에게 달려들었다.

"잡았다!"

고함을 지르며 달아나는 희지를 붙잡으려 팔을 뻗는 순간 테이블 위 꽃병이 넘어갔다. 이번에는 희미의 목소리가 더 컸다. 자매는 망연한 표정으로 바닥을 내려다보았다. 꽃병이 깨져 있었다.

"왜 그랬어?"

자기 잘못은 하나도 없는 것처럼 희지가 동생을 나무랐다.

"큰일이네. 엄마가 제일 좋아하는 꽃병인데."

"이제 어쩌지?"

희미가 손톱을 물어뜯었다.

"어쩌긴, 엄마한테 말해야지. 이건 우리끼리 치울 수도 없는데. 엄마, 엄마, 희미가 꽃병을 깨뜨렸대요!"

희지가 밖으로 달려나갔다. 금방이라도 울 것처럼 입술을 쌜그러뜨린 희미가 조심조심 방문턱을 넘었다. 주방 쪽에서 희지가 엄마에게 뭔가를 설명하는 소리가 들렸다. 희미가 신발을 주워 신었다. 어디에 숨어야 할까 고민하다가 바로 앞 건물로 헐레벌떡 달려 들어갔다. 그즈음까지만 해도 그곳은 여전히 창고로 사용되고 있었다.

한낮임에도 곳간채 안은 어슴푸레했다. 희미는 그 어둠이 자신을 감춰주는 것 같아 오히려 마음이 놓였다. 땀 때문인지 들뜬 반창고를 눌러 붙이며 훌쩍일 때 등뒤에서 말소리가 들렸다.

"왜 울고 있어? 무슨 일이라도 있어?"

문 열리는 소리는 못 들은 것 같은데 앤 어디에서 나타난 거지? 처음 보는 그 여자애는 무릎길이의 감청색 원피스를 입고 있었다. 희미도 비슷한 원피스를 가지고 있었다. 언니에게서 물려받은 옷이었다.

자신을 대하는 여자애의 태도가 무척 자연스러워서 희미는 지금 상황이 이상하다는 생각을 하지 못했다.

"그게, 엄마가 아끼는 꽃병을 깨뜨려서."

희미가 중얼거리자 여자애가 그게 뭐 대수냐는 듯 명랑하게 대꾸했다.

"뭘 그런 걸 가지고. 내가 더 크고 예쁜 꽃병을 가져다줄게. 그럼 됐지?"

"정말?"

"물론. 너희가 우리를 위해 해준 일도 있으니까."

그러더니 덥석 희미의 손을 잡았다.

"그러니까 나랑 놀아, 어서."

희미는 어정쩡한 자세로 그 애에게 끌려가다 자칫 넘어질 뻔했다. 이제 보니 운동화의 끈이 풀려 있었다. 여자애가 키득거렸다.

"그 운동화가 네 거였구나. 아침에 댓돌에 벗어 던져놨지? 그 끈, 내가 풀어놓은 거야."

"왜?"

"그냥 좀 심심해서? 성주가 알면 화를 내겠지만 그런 재미라도 있어야지. 지난번에는 부침개를 훔쳐먹다가 조왕한테 야단맞았잖아. 우리가 먹는 건 티도 안 나는데. 인간들은 눈치도 못 채. 우리 중에 제일 깐깐한 건 조왕이야. 나이가 제일 많아서 그런가."

성주는 누구고 조왕은 또 누구인지 희미는 따져 묻고 싶었지만 그럴 기회를 잡지는 못했다. 그 순간에는 외할머니께서 들려주신 얘기도 떠오르지 않았다. 업은 가택신 중 하나로 이 집에 서린 넋의 일종이라는 것, 곳간에 머무르면서 한 집안의 재물을 관장하며 그 집안 사람들 중에서도 일부의 눈에만 보인다는 것 역시. 새 친구를 사귀었다는 생각에 들떠 있어서였을까?

희미는 그 애를 따라다니며 온갖 잡동사니들을 구경했다. 그 여자애는 모르는 게 없었다. 이 물건의 사연도, 저 물건의 출처도 모두 알고 있는 듯했다.

"이 재봉틀은 손잡이를 돌려 움직이는 거야. 여기를 이렇게 돌리면, 봐봐, 내 말이 맞지?"

희미는 주로 경청하는 쪽이었고 여자애는 떠드는 쪽이었다.

"나중에라도 나를 부를 일이 생기면 이곳에 와서 박수 세 번을 친 다음 이렇게 외치면 돼. '까치 까치 밥은 주홍 주홍 감, 감나무 꼭대기에 달려 있지.'"

"뭐야, 유치하게."

희미가 깔깔거리자 여자애가 변명 비슷하게 우물거렸다.

"오래전에 정해놓은 거야. 안 그러면 언제 나타나야 할지 모르니까. 나 혼자 계속 기다릴 수도 없고."

그러곤 문을 가리키며 고갯짓했다.

"우리 그만 나가서 놀자."

희미는 애초 자신이 왜 이곳으로 도망 왔는지조차 잊어버렸다. 둘은 웃고 떠들면서 화단을 둘러 걸었다. 여자애가 주방으로 난 뒷문에 손바닥을 갖다 대자 걸쇠가 저절로 풀렸다. 그때 희미에게는 그 광경이 놀랍다기보다는 당연해 보였다.

둘은 신발 두 짝을 양손에 하나씩 들고 주방을 가로질렀다. 여자애가 희미의 귓가에 속삭였다.

"조왕은 나랑 절대 놀아주지 않아. 혼자 제일 바쁘거든."

희미는 여자애에게 장식장 위 도자기 인형을 보여주었다. 둘은 누마루를 뛰어다니다 방으로 건너갔다. 옷장을 뒤지며 놀던 희미는 방문 너머에서 전해지는 엄마의 말소리를 듣곤 깜짝 놀라 굳어버렸다. 그랬다, 엄마의 꽃병을 깨뜨린 걸 잊고 있었다!

여자애가 그런 희미의 어깨를 툭 건드렸다. 이만 나가자는 몸짓이었다. 여자애와 함께 희미는 몰래 다시 앞마당으로 나왔다.

희미는 장독대 근처를 어슬렁거리면서도 안절부절못했다. 여자애가 희미의 주의를 돌리려는 듯 누마루의 처마를 가리키며 재잘거렸다.

"저길 좀 봐. 둥지가 비어 있는 걸 보면 제비는 안 왔나 봐."

"아닌데. 얼마 전에 새소리를 들었는데."

"그럴 리가. 나는 들은 적 없다고."

여자애가 고집을 굽히지 않자 오기가 치민 희미가 제안했다.

"나랑 내기할래? 내가 확인해볼게."

"어떻게?"

"다 방법이 있지."

희미가 누마루 옆으로 가 돌담에 기대 있던 사다리를 찾아냈다. 생각보다 무거워 애를 먹었지만 사다리를 쓰러뜨리지 않고 앞마당까지 끌고 오는 데 성공했다. 여자애는 이제 와 후회하는 기색이 역력했다. 희미의 곁에 달라붙어 거듭 물었다.

"정말 괜찮겠어? 저렇게 높은데 어떻게 올라가려고."

"당연하지! 나중에 잘못 말했다고 우기지나 마."

희미가 사다리 아래를 벌려 단단하게 고정시켰다. 여자애가 울상을 지으며 혼잣말했다.

"어쩌지. 이러다가 성주한테 혼나겠는데."

희미가 발판을 딛고 오르기 시작했다. 무섭지 않았던 건 아니었다. 솔직히 겁도 났다. 조금. 아니, 많이. 절반쯤 올랐을까, 동작을 멈춘 희미가 시선을 떨어뜨렸다. 저 아래에서 여자애가 사다리를 움켜쥔 채로 그를 빤히 쳐다보고 있었다.

"조심해. 그러다 떨어지면 큰일난다고."

그 외침이 오히려 희미를 동요하게 만들었는지 몰랐다. 희미가 질끈 눈을 감았다. 귓속이 울리면서 현기증이 났다. 심호흡도 할 겸 땀이 밴 손을 쥐었다 펴려는 찰나, 발판 가장자리에 걸쳐 있던 발이 미끄러지면서 삽시간에 균형을 잃고 말았다.

희미는 비명도 지르지 못했다. 머리를 감싼 채로 누워 끙끙거리는 동안 더 큰 통증이 찾아들었다. 눈물이 핑 돌았다.

그때 부드러운 손길이 희미의 뺨에 와 닿았다.

"괜찮니?"

팔을 내리니 엄마가 걱정스러운 눈빛으로 그를 내려다보고 있었다.

"어디 다친 데는 없어? 어지럽다거나 하지는 않고?"

"어, 엄마."

희미가 엄마의 품에 매달렸다. 엄마가 희미를 안고 토닥여주었다. 희미는 울음을 억누를 수 없었다. 대성통곡하면서 고백했다.

"엄마, 내가 꽃병을 깨뜨렸는데."

"꽃병이야 새로 사면 되지. 괜찮아, 일부러 그런 것도 아닌데."

엄마가 희미의 이마를 쓸어주었다.

"하지만 다치는 건 전혀 다른 문제야. 앞으로 어른들 허락을 받지 않고 사다리는 건드리지 않기로 하자. 내 말 무슨 뜻인지 알겠지?"

희미가 연신 머리를 끄덕였다. 그러다 물기 어린 눈으로 주위를 둘러보았을 때 여자애의 모습은 보이지 않았다.

다음날 희미는 엄마를 따라 이웃집을 방문했다. 그 집에는 희미와 같은 나이의 남자애가 있다고 했다. 어른들이 인사를 하라고 부추겼지만 준후는 몸을 뒤틀며 희미를 똑바로 쳐다보지 못했다. 그러다 부모님들끼리 대화를 나누는 사이 조금 용기가 났는지 희미를 향해 손짓하면서 따라오라는 듯 입을 벙긋거렸다.

둘은 마당으로 나갔다. 그 집의 뜰에는 산사나무가 심겨 있었다. 준후가 채 영글지 않은 열매를 가리키며 말했다.

"새콤하고 맛있거든. 나중에 같이 먹자."

희미가 말없이 준후 옆으로 걸어갔다. 둘은 나란히 선 채로 초록색 열매가 맺힌 나무를 올려다보았다.

희미가 이 동네에 익숙해진 건 준후 덕분이었다. 준후가 그와 어울려주었기에. 둘은 서로의 세상을 넓혀주었다. 함께 떼는 걸음은 혼자 디디는 걸음보다 기운찼기에. 그러느라 정작 이곳에서 처음 사귄 친구를, 그가 들려준 이야기들을, 더 크고 예쁜 꽃병을 가져다주겠다는 약속을 잊어버렸다.

한 달 뒤 아빠는 엄마에게 새 꽃병을 선물했다. 엄마는 그 꽃병을 무척 마음에 들어했다. 그날 희미는 누마루의 처마에서 새들이 지저귀는 소리를 들었다. 그해가 마지막이었다. 이듬해부터 제비는 돌아오지 않았다.

때때로 희미는 댓돌에 벗어 던져둔 스니커즈의 끈이 풀어져 있는 것을 발견했다. 그럴 때마다 새되고 쾌활한 말소리가 귓가를 스쳤으나 이에 대해 깊이 숙고하지는 않았다. 유년이란 관통하는 시기였으니까. 힘껏 밟고 도약한 이후에는 두 번다시 내달을 일이 없었으니까. 종착지일 수 없었으니까.

그러나 그 여자애, 업은 여기에 있었다. 긴 시간 조금씩 제 모습을 잃어가며 계속 이곳을 지키고 있었다.

"얼른 용건이나 말해봐."

업이 작업대 모서리에 걸터앉으며 덧붙였다.

"부탁할 게 있어서 부른 거잖아, 아냐?"

"일단 사과부터 할게. 그래도 가끔은 널 생각했어. 신발끈이 풀려 있을 때도 그렇고."

변명 비슷하게 주워섬기며 희미가 상대의 눈치를 살폈다.

"뭐 하나 물어보고 싶은 게 있어서, 걱정거리가 생겼달지."

"흐응, 그래?"

업의 반응이 시큰둥했다. 희미가 머뭇머뭇 말했다.

"내 친구에게 문제가 좀 생겼어."

"아, 옆집 아이?"

"알고 있었구나?"

희미가 반색하며 고개를 주억거렸다. 다행이었다. 그렇다면 긴 설명을 할 필요가 없을지 몰랐다.

"그걸 내가 왜 모르겠어? 나도 눈이 있고 귀가 있는데. 어젯밤부터 그 집이 굉장히 언짢아하는 것 같더라고."

순간 희미는 업의 어투에서 고소해하는 듯한 기색을 느꼈다. 불길한 예감 속에서도 희미는 어떻게든 자신이 처한 상황을 설명하기 위해 노력했다.

"믿기 힘들 수도 있는데 준후가 새로 변해버렸어. 어떻게 그럴 수 있지? 이럴 때는 어떻게 해야 해?"

"흠" 소리를 내면서 업이 작업대 아래로 뛰어내렸다.

"그 일에 대해서라면 내가 해줄 수 있는 게 없어."

"왜?"

실망이 컸기 때문일까, 희미의 안색이 눈에 띄게 어두워졌다.

"내가 개입할 수 없는 힘이니까. 성주도, 조왕도, 칠성도 마찬가지일걸. 그래서 옆집도 상심해 있는 거고."

"그, 그렇지만……"

"그보다 네 자신에게 먼저 물어보는 건 어때? 그 아이가 왜 새로 변했는지. 그 이유를 정말로 모르겠는지."

희미가 시선을 내리며 입술을 깨물었다. 그런 희미의 표정을 찬찬히 뜯어보던 업이 싫증이라도 난 것처럼 손사래를 치며 몸을 돌렸다.

"이만 가봐도 되지? 길게 이야기를 하고 싶은 기분은 아니라서."

"잠깐만 기다려줘."

희미가 만류하려 했지만 업은 곧장 맞은편 벽으로 돌진했다. 원피스 자락이 벽에 닿기 직전 신기루처럼 흩어졌다.

다음 순간 희미는 불 꺼진 건물 안에 혼자 서 있었다. 아랫입술을 잘근거리다 파자마 주머니에서 휴대폰을 꺼냈다. 잠금을 해제하고 단톡방에 메시지를 써넣었다.

「내일 저녁에 한번 더 모여야겠어. 장소가 어디냐면……」

그런 다음 트위터 앱을 열어 새별의 계정을 찾아 들어갔다. 새별이 서너 달 전에 올린 사진, 거기에는 나무 한 그루가 찍혀 있었다. 들메나무, 신목이었다.

새별은 어떻게 그 나무에 대해 알고 있는 걸까? 그러면서 왜 아무 말도 하지 않은 거지? 그 나무에 무슨 소원을 빈 걸까?

휴대폰 화면에서 뿜어져 나온 광휘가 한 뼘 남짓 어둠을 몰아냈다. 희미의 눈동자가 빛으로 물들었다. 사진 속 나뭇가지에 매달린 푸른색 리본을 희미는 숨죽이고 바라보았다.

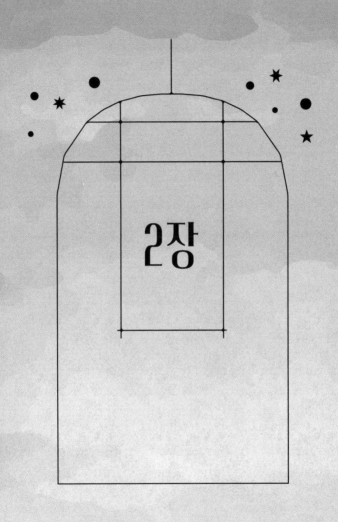

2장

1. 여기로 온 이유

눈송이가 점점이 날렸다. 그 눈을 받아먹으려는 듯 새별이 입을 크게 벌렸다. 그러나 성기게 내리던 눈은 곧 그쳤다. 새별이 살얼음이 낀 비탈길을 성큼성큼 걸었다. 여러 번 다녀 익숙한 길을 지나는 것처럼 거침없는 몸놀림이었다.

길옆에서 돌탑을 발견한 새별이 누가 어떤 소망을 담아 쌓아올렸을지 모를 돌무더기에 제 몫의 돌멩이 하나를 더해놓았다. 돌탑 가장자리에 빛의 동그라미가 방울방울 맺히더니 찰나의 광채를 터뜨리며 사라졌다. 기원하는 마음으로 이루어진 그 빛을 평범한 인간들은 볼 수 없었다. 새별이 몸을 일으키며 시선을 들었다.

언덕 꼭대기 아래에서 나무 한 그루가 저녁 하늘을 등지고

서 있었다.

신목에게 다가간 새별이 거친 수피를 손바닥으로 쓸었다. 그가 발하는 온기가 식지 않았음에 안도하면서 등을 돌려 둥치에 기대섰다.

물줄기가 경계를 이룬 너머로 신시가지가 펼쳐져 있었다. 대규모 아파트 단지와 상가, 주택과 학교와 공원들. 새로 지은 건물들은 크고 튼튼해 보였다. 하얗게 빛나는 창문들이 누군가의 존재를, 나아가 그들의 생활을 증언해주는 듯했다. 귀를 기울이면 이 도시의 사람들이 내는 기척을 들을 수도 있을 것 같았다. 문 열리는 소리와 인사를 나누는 말소리, 텔레비전에서 흘러나오는 소음과 휴대폰 벨 소리, 파 하고 터져나오는 물소리, 그 사이사이의 짧은 정적마저.

가로등 불빛은 비밀을 몰아냈다. 경광등이 경찰차가 지나는 길을 붉고 푸르게 물들였다.

타워크레인 옆으로 새들이 날고 있었다. 놀이터에서는 시소가 삐거덕거렸다. 낙엽들이 우르르 미끄럼틀을 타고 내려갔다.

도로는 분리되고 교차하면서 끊임없이 나아갔다. 태어난 지 오래지 않은 이 도시에서 이는 앞으로 이어질 무수한 차들의 궤적과 같았다. 오가는 차량이 없음에도 신호등은 계속 바꿰었다.

귀가하는 학생들의 발소리가 상가와 주택가 사이 짧은 터널을 울렸다. 바로 위 생태통로에서는 청설모 한 마리가 달음질하고 있었다. 동절기를 맞아 귀에 풍성하게 털이 돋은 그 동물은 어디에서 구했는지 모를 도토리를 물고 있었다. 은빛의 에스유브이 차량이 지하차도로 달려 들어갔다. 자동차의 속도가 일으킨 소음이 긴 메아리로 바뀌어 터널을 빠져나갔다. 근처 화단에서 풀뿌리를 파헤치던 고라니가 그 소리에 놀라 달아났다.

그 모든 광경이 새별에게는 눈앞에서 목격하는 것처럼 생생했다. 새별이 속삭여주었다.

"너희들이 이 계절을 무사히 날 수 있기를."

새별은 이 도시가 사랑스러웠다. 아파트의 창문이 이루는 직선과 맨홀 뚜껑의 곡선, 깨진 타일의 불규칙함마저 아름답다 여겼다. 그러다 8차선 도로의 중앙선 옆에 내던져진 희끗한 형체를 발견하고 어깨를 움츠렸다. 들쥐의 사체가 으스러져 있었다. 방금 목격한 청설모와 고라니 역시 이 겨울 가까스로 목숨을 부지한다고 해도 같은 최후를 맞을지 몰랐다.

그것이 도시라는 거대함이 드리운 그만큼 짙은 그림자였다. 산은 깎여 나갔고 들은 메워졌다. 개울은 끝내 말라버렸다. 나무는 베어졌고 새는 먹이를 구할 곳을 잃었다. 그 같은 사실을 되새길 때마다 새별은 말로는 설명하기 힘든 죄책감에 시달렸다.

새별이 나무를 향해 돌아섰다. 손끝에 닿는 우둘투둘한 감촉에 집중하자 그 나무로부터 이어지는 길고 미세한 뿌리가 느껴졌다. 그 어딘가에서 희미하게 달끝마을의 존재가 전해졌다. 그 마을 역시 처음에는 숲을 허물고 둥지를 부수며 들어섰을 테지만 긴 세월이 흐르는 동안 담쟁이덩굴로 뒤덮인 돌담처럼 천천히 이 땅의 일부로 화했다.

그렇다면 신시가지도 언젠가는 이들과 연결될 수 있을까? 뿌리를 얽은 풀과 나무들처럼.

나무의 아래쪽 가지에는 색색의 리본들이 묶여 있었다. 바람이 잔가지를 흔들자 보일 듯 말 듯 한 빛의 가루가 날렸다. 이는 그가 퍼뜨리는 생명력의 증거인 동시에 쇠약함의 징후이기도 했다. 그 나무는 죽어가고 있었다.

털이 노란 고양이가 새별에게 다가왔다. 새별의 다리에 몸을 맞대고 야옹야옹 울었다.

"괜찮대도. 어딜 봐서 내가 울고 있다는 거야?"

투덜거리는 듯한 말투와 달리 고양이를 쓰다듬는 손놀림은 무척 다정했다.

"그건 그렇고. 여기까지 따라왔어야 했어? 금방 다른 애들이 올 텐데. 또 무슨 사고를 치려고."

그럼에도 유자는 계속 그 자리에 버티고 있었다. 고집 센 그 수컷 고양이는 새별을 과잉보호하는 경향이 있었다.

새별의 손길을 만끽하면서 연신 가르랑거리던 유자가 귀를 쫑긋거렸다. 정체불명의 발소리가 가까워지고 있음을 알아챈 새별 역시 고개를 들었다. 다른 사람이라면 절대 들을 수 없었을 희미한 기척이었다.

저멀리 저녁 어스름을 헤치고 오는 두 소녀가 보였다. 앞에 선 희미가 덤벙거리는 듯한 동작으로 손전등을 좌우로 내저었다. 반면 민진의 발걸음은 신중했다. 민진은 짙은 색 천을 덮은 이동장을 들고 있었다. 희미는 오늘 저녁 반드시 새를 대동해야 한다는 주장을 관철시키는 데 성공했다.

앞으로 벌어질 사건에 대비하려는 듯 유자가 앞다리를 낮추고 꼬리를 내렸다. 새별이 그런 유자의 엉덩이를 두드려주었다.

"네가 참견할 일이 아니라니까 그러네. 잠깐만 자리 좀 비켜줘. 오래 걸리지는 않을 거야."

그러고도 한참 동안 그 자리를 떠나지 않던 유자는 마지못해 돌담을 돌아 자취를 감추었다. 희미와 민진이 점점 어두워지는 하늘 아래 관목 숲을 지났다.

손전등의 각도를 바꾼 희미가 새별을 발견하고 흠칫 놀라는 몸짓을 했다.

"안 헤매고 잘 찾아왔네. 무섭진 않았어?"

"딱히 그런 겁은 없는 편이라."

어깻짓하는 새별의 태도가 몹시 태연했다. 머리를 젖힌 민진이 나무를 올려다보며 감탄했다.

"여기에 이런 나무가 있는 줄은 몰랐는데. 그런데 저기 매여 있는 건 뭐야? 리본 같은데. 가지에 왜 저런 걸 매달아둔 거지?"

"살리기 위해."

새별이 무심결에 대답했다.

"어?"

하고 물으면서 민진이 뒤돌아섰다. 새별이 잔뜩 가라앉은 목소리로 말했다.

"저 나무는 신목이야. 그리고 죽어가고 있지."

희미는 순간 새별의 트위터 계정에 올라와 있던 사진을 되새겼다. 거기에는 푸른색 리본이 묶인 나무가 찍혀 있었다. 그러자 숨기지 말아야겠다는 다짐이 섰다. 꼭 말해야겠다는 결심이 굳어졌다.

"있지, 나 그날 밤에 여기에 왔었어."

새별이 희미를 향해 눈길을 돌렸다. 민진이 물었다.

"그날 밤이라면 언제 말이야?"

"준후가 새로 변한 날."

희미가 우물쭈물 덧붙였다.

"저, 그게, 소원을 빌려고."

그러곤 털어놓기 시작했다. 언니의 전화 통화를 엿들었던 일부터 이 언덕을 찾아와 나뭇가지에 리본을 매어둔 일까지. 하지만 소원이 무엇이었는지는 밝히지 않았다. 그것만은 절대 말할 수 없었다.

그래도 일부나마 고백하고 나니 조금 홀가분해졌다. 희미가 새별을 곁눈질하며 눈빛으로 질문했다. 너도 여기에 온 적 있잖아. 소원을 빌었잖아. 무슨 소원이었어? 윤새별, 네 비밀은 뭐야?

"그걸 왜 이제 얘기해?"

민진의 어투가 은근히 비난조였다. 붉어진 뺨을 의식하면서 희미가 변명을 늘어놓았다.

"그땐 그게 단서라고 생각 못 했으니까. 조금 늦었지만 말했으니 됐잖아. 준후도 있으니까 오늘 이 자리에서 문제를 해결할 수 있을 거야. 일단 다 같이 리본을 나무에 매달아보자.

그런 다음 소원을 비는 거지. 준후를 원래 모습으로 되돌려달라고."

희미가 더플코트 주머니에서 주섬주섬 챙겨온 리본을 꺼냈다.

"그전에 더 말해야 할 게 있을 것 같은데. 아직 말 안 한 게 있지 않아?"

민진은 심문이라도 하는 듯한 태도였다. 희미가 떨떠름하게 물었다.

"내가 뭘 더 말해야 한다는 건데?"

"네 소원. 그날 뭘 빌었는데?"

그 말이 떨어지기 무섭게 얼굴이 새빨개진 희미가 더는 못 참겠다는 듯 고함을 질렀다.

"그게 왜 중요한데? 이 일이랑은 아무 상관없는데!"

"그게 왜 안 중요해? 그걸 알아야 상황을 정확하게 파악할 수 있지."

"그렇게 내 약점을 잡고 싶어? 박민진, 나한테 이러는 이유가 뭐야?"

"네가 솔직하지 않으니까!"

"그러는 너는? 우리한테 숨기는 게 하나도 없어?"

새별이 그런 둘 사이에 끼어들었다.

"나도 말할 게 하나 있는데."

"너는 또 뭔데?"

희미가 거친 숨을 내뱉었다.

"일주일, 길어도 일주일 뒤에는 아무도 기억하지 못하게 될 거야."

"뭘? 왜?"

만만찮게 화가 나 있던 민진이 무뚝뚝하게 물었다. 새별이 조바심이 날 만큼 느릿하게 대답했다.

·"준후를, 준후라는 사람이 이 세상에 있었다는 사실을, 그게 넋이 관계된 사건이 정리되는 방식이니까. 질서를 되찾는다고 해야 하나. 이 나무는 아주 큰 넋이니까 시간이 얼마 남지 않았을 거야. 준후는 앞으로 계속 새로 살아야 할 거고."

"그, 그게 무슨……"

신음 비슷한 소리를 내던 희미가 퍼뜩 고개를 들었다.

"그런데 잠깐, 너는 그걸 어떻게 아는 건데?"

새별은 대답하지 않았다. 그러나 이전처럼 눈길을 피하며 딴청을 부리는 대신 희미를 뚫어져라 바라보았다. 희미는 새별의 눈동자 속에서 뭔가를 포착한 듯한 기분이 들었다. 매우 강력하고 경이로운 것, 인간이라고 할 수 없는 신적인 존재를.

"너, 너는…… 누구야?"

희미가 부르르 몸을 떨며 한꺼번에 질문을 쏟아냈다.

"그만 얼버무리고 설명을 좀 해봐. 윤새별, 너는 어떻게 그날 그 자리에 있을 수 있었던 거야? 네 정체가 뭐야?"

둘 사이에 팽팽한 긴장감이 흐르기도 잠시, 민진이 어리둥절한 표정으로 주위를 둘러보며 혼잣말했다.

"어어, 지금 땅이 흔들린 것 같은데."

"야, 너는 눈치도 없이."

희미가 노골적으로 면박을 주었지만 중대한 발견이라도 한 것처럼 민진은 바로 앞 어딘가를 응시하면서 다시 한번 물었다.

"너희는 안 느껴져? 설마 저 나무인가?"

"아, 안 돼……"

흠칫한 새별이 그런 민진을 저지하듯 팔을 뻗었다.

"물러서! 물러서란 말이야!"

그 나무, 신목이었다. 신목의 뿌리가 요동하고 있었다. 그 나무를 이룬 기운이 흩어지고 있었다. 그의 최후가 경각에 달해 있었다.

새별이 나무의 몸통에 손을 댄 채로 울먹였다.

"가지 마세요. 이런 식으로 떠나버리면 안 돼요."

애원하는 새별의 둘레에서 파르스름한 빛줄기가 번졌다.

방금 전까지 티격태격하고 있었다는 것도 잊고 희미가 민진을 향해 어리둥절한 눈길을 보냈다. 민진 역시 무슨 영문인지 모르겠다는 듯 눈만 깜빡였다. 새별에게서 뿜어져 나오는 푸른빛이 점차 강렬해졌다.

흘러넘치는 듯한 광휘에 휩싸인 채로 새별은 스스로를 새롭게 자각했다. 그것은 한 존재를 이전과 구분 짓는 종류의 깨달음이었다. 지금과 같은 모습으로 태어나던 날 경험한 것과 흡사한 각성이었다.

여름이었다. 그 무렵까지만 해도 새별은 이름도 형체도 없는 존재였다. 인간들의 소망이 모여 고이는 곳에 응집되는 것, 먼 옛날이었다면 필시 산신이라고 불렸을 존재. 그는 다름 아닌 이 도시의 넋이었다.

그날 하늘은 푸르렀고 바람은 싱그러웠다. 분수대에서 물줄기가 솟구쳐 오르는 가운데 아이들은 맨발로 광장을 뛰어다녔다. 단발머리 소녀가 콧노래를 부르며 광장 옆 보도를 지났다. 새별은 그 소녀가 느끼는 기쁨과 기대와 낙관을 고스란히 받아들였다. 그 감정이 더 큰 힘으로 돌아와 그를 성장하게 했다. 가로수의 잎을 무성하게 하고 지반을 튼튼하게 했다.

새별은 생각했다. 저 소녀처럼 햇살 아래 설 수 있다면. 그 온기를 제 살갗에 직접 받을 수 있다면. 새별은 이 도시의 아이들이 부러웠다. 숨이 턱에 차도록 달리는 기분이 어떨지 궁금했다. 쏟아지는 물줄기를 맞으며 큰소리로 웃고 싶었다. 노래를 흥얼거리고 싶었다.

그것이 난폭하기까지 한 욕구로 그의 내면을 가득 채웠을 때 변화가 일었다. 그럼 경험해봐. 무수한 목소리들이 그에게 화답했다. 뛰어봐, 웃어봐, 노래해봐, 우리가 너를 도와줄게.

새별은 순식간에 땅 위로 밀어 올려졌다. 자동차 엔진 소리와 사람들의 말소리, 아파트 창문이 반사하는 광휘 한가운데서 정체를 드러냈다. 이루고자 하는 마음을 품음으로써, 그 바람을 도시 전체가 함께 빌어줌으로써 형상을 갖추었다.

분수대에서 놀던 아이들은 사라지고 없었다. 새별은 그들 또래의 모습을 한 채로 광장에 우두커니 서 있었다. 한 남자가 그런 그에게 다가와 말을 걸었다.

"부모님은 어디에 계시니? 왜 여기에 혼자 있어?"

키가 큰 그 남자는 작업복을 입고 있었다. 일을 마치고 귀가하는 길이었을까, 턱에는 거뭇하게 수염이 자라 있고 눈가에는 그늘이 져 있었다. 그러나 말투만은 무척 부드러웠다.

"그게, 어디로 가야 할지 모르겠어요."

새별이 대답했다. 그러면서 쥐고 있던 손을 펼쳐 내밀었다. 남자는 망설임 없이 그 손을 잡았다. 새별은 그 역시 자신이 품고 있던 소망의 일부임을 직감했다.

"저를 집으로 데리고 가주세요."

남자가 미소 지으며 대답했다.

"그래, 새별아. 우리집으로 가자."

그 순간 새별에게도 이름이 생겼다. 새별, 그는 윤새별이었다. 남자와 함께 새별은 아파트 출입문을 지났다. 엘리베이터에서 내려 현관문을 열자 한 여자가 그들을 맞이했다.

"오늘은 둘이 같이 왔네요? 요 앞에서 만났어요?"

남자애가 달려나와 새별의 손을 잡아끌었다.

"왜 이렇게 늦었어? 한참 기다렸잖아."

그날 새별에게도 집과 가족, 아빠와 엄마와 오빠가 생겼다. 그들 부부는 새별을 입양한 딸로 여겼다. 새별이 의도한 건 아니었다. 넋과 관련된 문제에 있어서라면 기억은 온갖 창의적인 방법으로 상상력을 발휘할 수 있었다. 질서를 유지하는 범위 내에서 균열을 메우고 망각을 조장할 수 있었다.

얼핏 보기에 새별은 평범한 학생이었다. 크지도 작지도 않은 키에 살짝 치켜 올라간 눈꼬리, 동그란 얼굴, 흐릿한 인상.

교우관계는 원만했다. 새별은 친구들에게 잘 보이려고 애쓰지 않았지만 그렇다고 혼자 겉돌지도 않았다. 두각을 나타내지도 소란을 일으키지도 않았다. 새별은 자신이 주변 누구와도 같지 않다는 것을 알았다. 그들과의 사이에 벽을 세웠다. 한동안은 아무도 그 벽을 넘지 못했다. 단 한 사람을 제외하면.

아빠는 새별에게 휘파람을 부는 법을 가르쳐주었다. 껍질을 벗긴 고구마를 후후 불어 건네주었고 젖은 머리를 말려주었다. 비 오는 날에는 우산을 씌워주었으며 눈이 내리는 날에는 썰매에 태워 끌어주었다. 그들은 함께 모래성을 쌓았고 눈사람을 만들었으며 크리스마스트리를 장식했다.

그날 새별은 자기 방에서 숙제를 하고 있었다. 샤프펜슬을 딸깍이다 반쯤 열어둔 창문 밖으로 시선을 던졌다. 파랗게 갠 하늘 아래 아파트의 정원이 내려다보였다. 날씨가 좋아서인지 수학 문제에 집중하기 어려웠다.

가늘게 뜬 눈으로 아파트 단지를 오가는 사람들을 구경하던 새별이 별안간 "아" 하는 소리를 터뜨리면서 자리에서 일어섰다. 의자가 시끄러운 소음을 내면서 넘어갔다. 어느 공사 현장의 모습이 현실을 침범하면서 새별의 눈앞에 펼쳐지고 있었다.

굉음이 울리는가 싶더니 건물 일부가 무너져내렸다. 사납게 일렁이는 흙먼지 속에서 새별은 눈에 익은 작업복을 알아보았다.

남자는 피를 흘리고 신음하면서 누군가 자신을 응시하고

있음을 알아차렸다. 이는 죽음으로 잇따르는 극한의 고통이 불러일으키곤 한다는 기이한 현상 가운데 하나였다. 건물 잔해에 파묻혀 죽어가면서 남자는 새별과 처음 만난 날을 되새겼다. 그 순간에 이르러서야 비로소 자신이 데려다 키운 소녀의 진짜 정체를 깨달았다.

"상관없어. 새별아, 어디에서 왔든 너는 내 딸이야."

남자가 고통으로 일그러진 얼굴에 미소를 띠며 중얼거릴 때 하늘 높은 곳에서 깃털 하나가 떨어져내렸다. 불그스름한 빛을 내던 그 깃털은 남자가 내쉰 마지막 숨결에 떠밀려 한 뼘 정도 떠오르더니 이내 공기 중으로 녹아내렸다. 남자는 두 번 다시 눈을 뜨지 못했다.

새별은 남자의 죽음을 막지 못했다. 사고의 현장을 속수무책으로 지켜보았을 뿐이었다.

새별이 두 팔을 늘어뜨린 채로 방에서 걸어나왔다. 엄마는 라디오를 들으면서 설거지를 하고 있었다.

"딸, 표정이 왜 그래?"

엄마가 눈가가 붉어진 새별을 돌아보며 물었다. 새별은 말없이 엄마를 끌어안았다. 얼마 뒤 엄마의 휴대폰이 울리고 소식이 전해질 것이었다.

엄마는 목 놓아 통곡하겠지만 머지않아 눈물을 그치고 티끌 한 점 없는 눈으로 세상을 바라볼 것이었다. 그에게는 아이들이 있었으니까.

새별 역시 엄마의 곁을 지킬 것이다. 아빠와 같이 보냈던 시간보다 훨씬 더 오랫동안.

유자와 처음 만난 건 그해 겨울이었다. 영역싸움에서 밀려난 유자는 삐쩍 곯은 고양이였다. 새별은 공원 모퉁이 울타리 옆에 쪼그리고 앉아 하악질하는 유자를 어르며 습식 캔을 따 내밀었다.

"잘 먹어야 잘 싸울 수 있대. 우리 엄마가 해준 말이야. 믿어도 돼."

옛날 옛적 산신들이 호랑이들을 거느리며 그들과 소통한 것처럼 새별은 유자는 물론, 이 도시의 고양이들과 대화를 나눌 수 있었다. 유자는 그 겨울을 무사히 났다. 말랐던 몸에는 살이 붙었고 꾀죄죄하던 털에는 윤기가 흘렀다. 위기의 순간 발톱을 내지를 줄 아는 어엿한 어른 고양이로 자랐다.

새별은 더 많이 알고 싶었다. 더 멀리 가보고 싶었다. 영역에서 이탈하기를 두려워하는 고양이들처럼 새별 또한 도시의 중심에서 멀어질수록 불안감에 시달렸으나 그럼에도 자신과 동류인 존재들을 찾고 싶다는 열망은 식지 않았다.

새별은 평범한 인간들에게는 보이지 않는 것들을 봤고 들리지 않는 것들을 들었다. 이 도시에는 그를 탄생하도록 한 것과 같은 넋이 스민 사물들이 있었다. 그런 도구와 기계들은 오랜 세월 정성 어린 시선과 손길을 받으며 넋을 키웠고 스스로 말하고 드물게는 혼자 움직일 수도 있었다.

애착의 대상이기만 하다면 어떤 사물과 개념도 넋을 품을 수 있었다. 사소하게는 만년필이나 스니커즈, 자전거에서부터 크게는 자동차와 집, 도시와 국가까지 그랬다.

다만 그러기에는 시간이 필요했다. 새별시는 역사가 길지 않은 도시였고 이곳에서 생겨난 넋들은 아직 약하고 미미했다.

새별만은 예외였다. 그는 도시 계획이라는 목표 의식 아래 시간의 규칙 밖에서 단숨에 넋을 갖추었다. 몸까지 얻었다. 그러므로 새별에게는 경험하는 모든 것이 처음일 수밖에 없었다. 누구에게도 물을 수 없었다. 나도 늙을까? 죽을까? 이 도시가 그 이름을 유지하는 한 영원히 살아 있을까? 이는 아빠가 돌아가신 이후로 새별을 끈질기게 괴롭힌 문제였다.

새별은 그날 산책로를 따라 달끝마을까지 걸어가볼 작정이었다. 새별은 그 마을에 한 번도 가본 적이 없었다. 그 마을은 신시가지와 달리 새별에게 몹시 낯설었으며 또 막연했다.

여름 동안 넘칠 듯 차올랐던 내의 수위가 낮아져 있었다. 새별은 갈대밭을 뒤흔드는 바람 속에 잠시 머물러 있었다. 가지 말아야 할 곳을 향하고 있다는 예감이 들었으나 산책로 옆에서 뛰어노는 아이들의 웃음소리에 귀를 기울이며 각오를 다잡았다. 그러다 맞은편 언덕을 올려다보았을 때 바람결에 이질적인 색이 섞여 있는 걸 목격했다.

그 푸름은 옅고 부드러웠다. 보통 사람의 눈으로는 구분할 수 없는 것, 넋의 반향이었다.

새별은 동시에 그를 향해 울려퍼지는 목소리를 들었다. 안녕, 안녕, 안녕, 수줍어하는 듯한 말소리. 반가워, 반가워, 반가워, 기쁨을 감추지 못하던 인사.

새별이 징검다리를 건넜다. 오르막에 다다르자 바람에 섞여 소용돌이치는 푸름이 몰라보게 짙어졌다. 언덕을 올라 새별은 마침내 그 나무와 마주섰다.

지금까지 왜 눈치채지 못했을까? 이렇게나 가까이 있었는데. 새별은 혼자가 아니었다. 바로 여기에 자신과 같은 존재가 있었다. 새별을 쫓아온 유자가 그의 종아리에 이마를 비볐다.

그러나 그 나무는 죽어가고 있었다. 지기 시작한 잎들에 쇠락의 기운이 배어 있는 것이 느껴졌다. 이는 어쩌면 신시가지 개발 탓일지 몰랐다. 이 도시는 잘려 나간 나무들의 등걸 위에 세워졌으므로. 로드킬당한 동물들의 사체 위에서 발전했으므로. 그런 죽음들이 알게 모르게 나무의 생명을 고갈시키고 있었을까? 하지만 새별은 다른 무엇도 아닌 그 죽음들을 디디고 성장했다.

새별이 나무에게 다가갔다. 악수라도 청하는 것처럼 둥치에 손바닥을 댄 채로 맹세했다.

"잃지 않을 거예요. 보내지 않을 거예요. 당신은, 당신만은 꼭."

이야기를 지어낸 건 그 때문이었다. 자신이 기원의 힘으로 말미암아 인간의 형상을 얻었던 것처럼 새별은 소망하는 마음이 나무를 되살려줄 것이라고 믿었다. 파란색 리본을 나뭇가지에 묶으며 빌었다. 이 나무에 생기를 불어넣어달라고.

이야기는 귓속말에서 문자 메시지로, 또 전화 통화로 비밀리에 퍼져갔다. 그 같은 소문을 공유한 건 주로 새별과 비슷한 나이의 소녀들이었다. 그들은 가슴 깊숙한 곳에 소망 하나씩을 지니고 있었고 촛불 같은 그 빛으로 어둠을 밝히며 한 번도 가보지 못한 길을 찾아 나설 만큼 씩씩했다.

소녀들이 묶어놓은 리본들은 하나둘 떨어지는 잎들을 대신해 나무를 지켜주었다. 바람에 맞서 더불어 반짝이며 온기를 보태주었다. 그 리본들은 각기 다른 소원을 담고 있었지만 비는 행위는 그 자체만으로도 충분히 의미 있었다. 기원하는 마음이란 그랬다. 빛이자 온기였다. 그렇다고 안심할 수는 없었다. 새별은 소중한 존재를 준비 없이 떠나보내는 슬픔이 얼마나 큰지 알고 있었으니까.

그날 저녁, 새별은 언제나처럼 공원 옆 놀이터로 향했다. 새별이 모습을 드러내기 한참 전부터 유자는 그곳에서 그를 기다리고 있었다. 새별이 유자에게 간식을 대접하곤 곧장 그네에 가 앉았다. 간식 몇 알을 맛있게 먹어치운 유자가 발바닥을 핥기 시작했다. 그러더니 고개를 들고 야옹야옹 울었다.

"갑자기 그런 질문을 하는 이유가 뭐야?"

유자가 다시 한번 야옹야옹 울었다.

"나도 모르지. 하지만 네가 여기에 있는 한 나도 여기에 있을 텐데. 정말이야. 약속했잖아."

밤공기가 찼지만 새별은 맨손으로 그넷줄을 잡은 채로도 떨지 않았다. 새별은 추위도 더위도 거의 타지 않았다.

땅을 박차며 그네를 밀던 새별이 주택가 쪽으로 눈길을 던졌다. 누군가 언덕을 오르고 있었다. 이제 리본 하나가 더 매어질 것이고 불꽃 하나가 더 타오를 것이다. 나무는 잎 한 장을 더 얻을 것이다. 그 광경을 상상하면서 조용히 웃던 새별이 쥐고 있던 줄을 팽개치며 그네에서 뛰어내렸다.

좋지 않은 예감이 들었다. 뭔가 이전과 달랐다. 유자가 그를 따라오려고 했지만 손을 내저어 만류했다.

"이따 얘기해. 내가 급해서."

바로 앞 4차선 도로가 비었음을 확인한 새별이 휘파람을 불어 신호등을 보행신호로 바꾸었다. 유자가 잔소리라도 하는 것처럼 시끄럽게 굴었다. 새별은 주택가를 지나 곧바로 산책로로 내려갔다. 가로등 불빛 아래 세 사람이 모여 있는 것을 확인하고 발걸음을 멈추었다.

준후가 새로 바뀌어 날아오르는 모습을 지켜보면서 새별은 확신했다. 소원을 빈다는 건 의식의 일종일 터. 희미는 신목을 찾아 그 같은 의식을 치르는 과정에서 중대한 실수를 저지른 게 아닐까? 그래서 의식의 결과가 예상 밖의 방식으로 발현됐다거나. 준후를 향해 울면서 소리를 지르던 순간의 진심역시 소원의 내용을 왜곡하는 데 일조하지 않았을까?

새별은 소년이었던 새를 감싸쥔 채로 생각했다. 혹은 그 나무에게 전혀 다른 목적이 있었다든지.

그러면서 지난여름의 어느 날을 회상했다. 그날 새별은 귓가에서 윙윙대는 모기떼를 쫓으며 수풀 속을 헤맸다. 기껏 습식 캔을 따놓았는데 유자가 어디로 갔는지 보이지 않았다. 벌레들과 사투를 벌이며 주위를 두리번거릴 때 농구공 하나가그쪽으로 굴러왔다. 사람 얼굴을 잘 분간하지 못하는 새별조차 그 공을 쫓아 나타난 소년이 누구인지 단번에 알아보았다.

준후가 새별의 손에 들린 캔을 흘낏거리며 말을 걸었다.

"고양이한테 주려고? 그 노란 고양이? 나도 근처에서 여러 번 마주친 적 있는데. 되게 귀엽더라."

새별이 자신을 바라보고만 있자 머쓱해진 준후가 공을 주워 들곤 뒷걸음질했다.

"미안, 이만 가볼게."

바스락거리는 소리가 들려 돌아보니 유자가 어느새 옆에 와 있었다. 새별은 의혹에 찬 유자의 눈초리를 못 본 체했다.

모르는 척할 수 없는 이 마음에는 어떤 이름을 붙여야 할까? 이대로라면 준후는 얼마지 않아 잊히고 말 것이다. 길어 봤자 일주일, 그 이후에는 희미와 민진도 준후를 기억하지 못할 것이다. 기억은 경신돼 그가 사라진 자리를 정리할 것이다. 이제 와 어느 누구도 새별의 진짜 존재를 모르는 것처럼.

자신과 무관한 일이라고 여러 번 되뇌어보았지만 새별은 그렇지 않다는 걸 알았다. 새별은 준후를 두 손 놓고 내버려 둘 수 없었다. 내키지 않는다는 듯 시큰둥하게 굴면서도 누구보다 먼저 이 언덕을 찾아왔다.

땅울림은 계속됐다. 그 나무로부터 들리지 않는 비명이 터져 나오는 것 같았다. 이제는 희미와 민진조차 그가 죽어가고 있다는 것을 알아차릴 수 있을 정도였다.

"내가 도와줄게요."

새별이 눈물을 글썽이며 속삭였다.

"나를 잡아요. 놓지 말아요. 이렇게 헤어질 수는 없어요."

새별은 보이지 않는 통로를 따라 물살처럼 흘러 들어오는 힘을 느꼈다. 그 힘의 근원지는 신시가지였다. 이틀 전 새별이 고쳐두었던 가로등이 팍 하고 꺼졌다. 아파트의 창문이 일제히 덜커덩거렸고 신호등이 깜빡거렸다.

새별은 자기 안에 거대한 힘이 들끓고 있음을 깨달았다. 동시에 믿게 됐다. 나는 저 나무를 살릴 수 있어.

새별에게서 뻗어 나온 힘이 나무에게 옮겨갔다. 수피가 벗겨진 몸통에 생기를 돌게 하면서 안으로 스며들었다. 좋아, 해낼 수 있을 것 같아. 새별은 해쓱하게 질린 채로 제 속에서 넘쳐흐르는 힘을 쏟아부었다.

그러는 사이 신시가지에서는 수도관 속 물이 역류했고 토사가 무너져내렸다. 표지판이 휘어졌으며 울타리에 금이 갔다. 그때 누군가 공원을 걷고 있었다면 한꺼번에 불이 나간 가로등을 올려다보며 의아해했을지도 몰랐다.

그러나 잠시 후 거침없이 흘러 들어가나 싶던 힘이 출렁이며 되돌아왔다. 당황한 새별이 말라붙은 입술을 달싹였다.

"왜 그러는 거예요? 대체 왜?"

괜찮아, 괜찮아, 괜찮아 하고 다독이는 것 같은 소리. 그러면 안 돼, 안 돼, 안 돼, 충고하는 듯한 말투.

곧이어 덩굴손 같은 힘이 새별을 에워쌌다. 갓 돋은 잎처럼 연하고 보드랍던 그 손길 속에서 새별은 새소리를 들었고 안개를 들이마셨으며 바람결에 나부꼈다. 그 나무의 경험을 자신의 것으로 받아들였다.

새별이 느끼는 환희에 힘입어 신시가지에서는 아파트 정원의 나무들이 자랐다. 개중 한 나무의 가지에는 계절에 맞지 않게 새빨간 열매 한 알이 맺히기까지 했다. 뒤이어 들이닥친 건 극렬한 두려움이었다. 세상과 작별하는 건 그토록 긴 삶을 산 존재에게도 고통스러운 일이었을까?

칼에 베이는 것 같은 통증에 전율하면서 새별이 외쳤다.

"안 돼! 이건 내가 원한 게 아니라고!"

그 즉시 나무는 죽었다. 마지막 기운을 새별에게 불어넣어주고 떠나버렸다. 단 한 줌의 넋마저 날아가버렸다.

새별이 무릎을 꿇으며 주저앉는 순간 바윗돌 뒤에서 샛노란 형상이 튀어나왔다. 유자는 새별을 지키고 싶었을 뿐일 것이다. 새별이 위험에 빠졌다고 착각했기 때문에. 하지만 의도와 상관없이 벌어지는 많은 사건들이 그렇듯 이는 최악의 장면으로 이어지고 말았다.

고양이의 등장에 놀란 민진이 돌부리에 발이 걸려 넘어지면서 들고 있던 이동장을 놓쳤다. 떨어진 이동장이 바윗돌에 부딪쳐 허공으로 튕겨 오르더니 천이 흘러내리고 잠겨 있던 문이 열렸다.

새별이 손쓸 겨를도 없었다. 방금 전의 사건으로 그는 이미 지쳐 있었다.

이번 기회만큼은 새도 놓치지 않았다. 열린 문을 통과해 시야가 미치지 않는 저멀리로 사라져버렸다.

"박민진, 이 멍청아!"

희미가 고래고래 고함을 질렀다. 민진이 딸꾹질을 했다.

"미쳤어? 그걸 놓치면 어떻게 해?"

희미가 죽일 듯이 민진을 노려보았다.

"준후가 달아나버렸잖아. 이제 어쩔 거냐고?"

"나도 이렇게 될 줄은 몰랐어."

민진은 차마 눈을 들지 못했다.

"미안해, 정말, 정말로 미안."

땀에 젖은 머리카락을 넘긴 새별이 유자를 들어올렸다. 꼼짝없이 붙들린 유자가 앞발을 내지르며 앙칼지게 울었다.

"갑자기 튀어나오면 어떻게 해? 어쩜 매번 이렇게 말썽을 일으키냐."

그 고양이는 미안해하는 기색이라곤 없어 보였다. 몸을 비틀며 나를 그만 놓아달라 목이 터져라 울었다. 하여간 고양이들이란. 인상을 찌푸린 새별이 몸부림치는 유자를 놓아주었다. 새별의 손에서 풀려나기 무섭게 유자는 자리에 앉아 헝클이진 털을 정돈했다.

화가 난 희미가 새별에게 다가들며 삿대질했다.

"솔직하게 대답해봐. 너 처음부터 이 나무에 대해 알고 있었지? 설마 준후를 새로 만든 게 너니? 어쩐지 처음 나타났을 때부터 수상하다고 했더니."

"잠깐만, 급한 문제부터 먼저 해결하고."

흥분한 희미를 달래려는 듯 새별이 최대한 차분하게 말을 이었다.

"준후만 찾고 나면 뭐든 다 대답해줄 테니까. 부탁할게."

그런 다음 바로 앞 바윗돌에 오른발을 올려놓았다. 아빠는 말씀하셨다. 지금 이 느낌을 잊지 마. 입술을 동그랗게 모으고 입김을 내보내는 거야. 바람을 일으키는 것처럼. 마치 네가 바람인 것처럼. 옳지, 그렇게.

삐익, 그 어느 때보다 길고 우렁찬 휘파람 소리가 저녁 하늘을 가르며 울려퍼졌다.

2. 새가 된다면

모든 것이 멀어졌다. 나무와 언덕과 들과 내, 과거의 그 자신마저.

이동장에서 천이 흘러내리고 금속 살이 바윗돌에 부딪혀 일그러지는 순간, 새는 생각했다. 날아야 해. 날아서 이곳을 빠져나가야 해. 그러자 홰를 감고 있던 발가락이 저절로 느슨해졌다. 날개를 펼치고 새는 문을 향해 도약했다.

그제야 그 안이 얼마나 비좁고 답답했는지 알 수 있었다. 아무것도 무서워할 필요가 없는데. 한 쌍의 날개만 있다면 어디로든 날아갈 수 있는데.

깃을 닫고 날개를 내리며 새는 더 높이 비상했다. 자신을 끌어내리려는 힘과 겨루기를 했다. 무아지경으로 허공을 가로지르다 바로 옆에서 작은 움직임을 감지했다. 언제부터였을까, 오목눈이 한 마리가 그와 나란히 날고 있었다.

그런 새의 시선을 의식한 듯 오목눈이가 재게 지저귀었다. 둘은 장난이라도 치는 것처럼 가까워졌다 멀어지기를 거듭하면서 아래로 내려갔다.

겨울을 맞아 낙엽수들은 헐벗어 있었으나 개중 몇몇 가지에는 드물게 열매가 남아 있었다. 오목눈이가 팥배나무에 내려앉았다. 바로 옆에서 노랑지빠귀가 열매를 쪼고 있었다. 새는 소나무의 껍질 속에서 뭔가를 감지하고 부리로 파헤쳐보았다. 어떤 새가 숨겨놓았는지 모를 씨앗이 묻혀 있었다. 새는 그 씨앗을 맛있게 먹었다.

둘은 이 가지 저 가지로 옮겨다녔다. 검은 개 한 마리가 언덕길을 달려 올라왔다. 목줄을 쥔 남자가 숨을 헐떡이며 개를 쫓아왔다. 개가 흰 입김을 뿜으면서 컹컹 짖었다.

새는 그 즉시 가지를 박차고 솟구쳐올랐다. 오목눈이가 그를 쫓아왔다. 둘은 나지막이 날면서 땅 위를 구경했다. 버스 정류장 옆을 지나며 새는 자전거를 타는 소년 한 무리와 맞닥뜨렸다. 뜻 모를 그리움이 차올랐다. 잊은 것이 있는 깃 같은데 무엇인지 기억나지 않았다.

그러다 날개를 잘못 쳐 자칫 곤두박질칠 뻔했다. 오목눈이가 재재거렸다. 새가 소리 높여 지저귀어 괜찮다는 뜻을 전했다. 그러면서 무심결에 방금 본 소년들을 되새겼다. 그런데 잠깐, 내게 언제부터 날개가 있었던 거지? 누군가 나를 찾고 있을 텐데. 내가 돌아오지 않아 걱정하고 있을 텐데.

그때 바로 위 하늘에서 찌르레기 떼가 나타났다. 둔갑술을 펼치는 거인처럼 대형을 바꿔가며 무리 지어 나아갔다. 새가 홀린 것처럼 그들 쪽으로 다가들었다. 오목눈이가 울면서 따라왔다.

찌르레기들은 쉴 새 없이 움직였다. 비행에 미숙한 탓에 새는 그들에게 뒤처지지 않기 위해 맹렬하게 날갯짓해야 했다. 새가 허튼짓을 한다고 여겼는지 오목눈이는 어딘가로 가버려 보이지 않았다.

순간 무리 가장자리에 있던 찌르레기 한 마리가 찢어지는 듯한 소리를 냈다. 그와 동시에 대형이 흐트러지면서 일대 혼란이 일었다. 새는 어리둥절한 상태에서 그들을 쫓아 더욱 빠르게 날았다.

머리 위로 거대한 그림자가 드리우고 있었다.

그림자를 앞세우고 참매가 발톱을 세워들고 하강했다. 그는 타고난 사냥꾼이었다. 작은 새 따위 단숨에 찢어발길 수 있었다.

순식간에 거리를 좁힌 참매가 전혀 다른 방향으로 돌진했다. 새는 참매의 눈동자가 자신을 향해 있다는 사실을 뒤늦게 깨달았다. 참매의 발톱이 일으킨 바람이 새를 후려갈겼다.

새가 미친듯이 날개를 파닥였다. 참매의 발톱이 두어 차례 새의 날개깃을 스쳤다. 새는 사력을 다해 달아났다. 그러나 동시에 체념에 가까운 감정이 두려움에 맞먹을 만큼 커졌다. 이를 본능적으로 꿰뚫어 본 참매가 또다시 위에서 찍어 누르다시피 다가들었다.

날카로운 발톱으로 새를 낚아채기 직전 참매가 뭔가에 놀란 듯 흠칫거렸다. 그러더니 눈앞의 먹잇감도 내버려두고 황급히 날아가버렸다.

새는 기진한 와중에도 멀리서 덮쳐오는 붉은빛을 감지했다. 그 빛의 주인은 그를 공격하지 않았다. 위로하는 듯한 그 빛이 새에게는 어쩐지 낯익었다.

붉은 새였다. 그의 옆에서 알록달록한 빛의 구체들이 떠다녔다. 큰불에서 떨어져나온 불티들 같았다. 붉은 새가 안내하는 넋들이었다.

거대한 날개를 틀면서 붉은 새가 몸을 기울였다. 까마득한 하늘 저편에서 틈이 벌어지고 있었다. 이는 살아 있는 것들은 보지 못하는 문이었다. 하지만 이제 막 죽음을 모면한 새는 그 문을 알아볼 수 있었다.

넋들이 천천히 떠올랐다. 수만 가지 방식으로 깜빡이면서 세상과 작별했다. 울고 웃고 넋두리하며 문을 통과했다.

저승의 문이 닫혔을 때 넋들은 모두 사라져 있었다.

오직 붉은 새만이 그곳에 남아 있었다. 그가 날갯짓도 하지 않고 느릿하게 움직여 새에게 다가왔다. 황금빛 눈동자가 새를 향해 있었다.

새는 붉은 새와 함께 날기 시작했다.

3. 용기를 내어 한 말

　그날 어머니는 일찍부터 민진을 다그쳤다. 새 아파트를 보러 가기로 한 주말이었다. 식탁 앞에 억지로 끌려와 앉은 뒤에도 민진은 식욕이 나지 않았다. 사실은 아침 겸 점심을 먹는 둥 마는 둥 깨작이는 동안에도 계속 배가 아팠다. 어머니는 그릇을 치우고 설거지를 하고 짐을 챙기느라 바빠 보였다. 그러는 내내 아버지는 안방에서 전화 통화를 하고 있었다.

　민진은 어머니의 성화에 못 이겨 겉옷도 걸치지 못하고 엘리베이터에 올라야 했다. 운전은 언제나처럼 어머니가 했다. 아버지가 먼저 뒷좌석을 차지하고 앉았다. 민진은 복통을 들키지 않으려는 듯 입을 꼭 다문 채로 내키지 않는 손놀림으로 조수석 문을 열었다.

그들이 탄 세단 차량은 간선 도로를 지나 톨게이트를 빠져나왔다. 민진은 시무룩한 표정으로 그 도시의 이름이 적힌 표지판을 올려다보았다.

처음 방문하는 새별시는 온통 잿빛이었다. 가림막 위로 도색을 하지 않은 건물들이 솟아올라 있었고 도로에는 먼지를 뒤집어쓴 트럭들이 줄지어 다녔다. 급하게 조성된 듯한 공원들만이 삭막한 풍경에 약간의 생기를 더해줄 뿐이었다. 그 도시는 여전히 건설중에 있었다.

막 완공된 아파트 단지 내부는 어수선했다. 정원수는 시들었고 마무리에 신경을 쏟지 못한 듯 보도는 울퉁불퉁했다. 타일이 떨어져 나간 분수대에는 출입 금지 팻말이 붙어 있었다. 어머니는 입주 지원 센터에 들러 몇 가지 절차들을 거치면서도 몹시 들떠 보였다. 반면 아버지는 해당 호수를 찾아 현관문을 여는 순간까지 휴대폰을 귓가에 대고 있었다.

민진은 어머니가 이날을 얼마나 고대했는지 알았다. 그래서 차마 불평할 수 없었다. 어머니가 민진을 현관 옆 방으로 데리고 갔다.

"여기가 네 방이야. 천천히 둘러봐."

어머니가 나가고 민진은 가구 하나 놓이지 않은 휑뎅그렁한 공간을 뒷짐을 진 채로 걸었다. 창문 밖으로 산이 내려다

보인다는 점만은 마음에 들었다. 이쪽에 책상을 놓는 거야. 그럼 침대는 저쪽에 붙여놔야겠지. 이런저런 상상을 해보았지만 민진은 그들 가족이 이 도시로 이사할 것이라는 사실을 받아들이기 힘들었다. 이 둔중한 콘크리트 구조물이 그들의 집이라는 게 믿기지 않았다.

민진이 "휴" 소리를 내며 벽에 기대섰다. 이 공간을 소유하기 위해 부모님이 그토록 큰 대가를 치러야 했다니 농담 같았다. 민진은 분양과 청약과 대출이 무엇을 의미하는지 일찍이 터득했다.

어머니는 집안을 꼼꼼히 살폈고 붙박이장과 방문, 벽지 따위에 하자 보수를 요구하는 포스트잇을 붙여두었다. 거실을 돌아보는가 싶던 아버지는 어느새 복도에 나가 있었다. 현관 너머에서 들려오는 목소리에 짜증이 배어 있었다. 회사에서 걸려 온 전화인 듯했다.

인근 식당에서 사 먹은 저녁은 맛이 없었다. 어머니는 새집의 인테리어에 대해 의논하고 싶어하는 눈치였으나 아버지는 건성으로 대꾸할 뿐이었다. 돌아가는 길, 민진은 다시 조수석에 앉았다. 차 안이 후텁지근한 데다 뱃속이 불편해 멀미를 할 것 같았다.

차창 밖을 쏘아보던 민진이 아랫배에 손을 얹고 눈을 감았다. 그러다 어지럼증이 조금 가셨을 때 작은 숨을 토하며 시선을 들었다. 어스름 진 하늘에 광휘가 번져 있었다. 민진이 차문에 손을 대며 창쪽으로 몸을 당겼다.

갈대밭 위로 새가 날고 있었다. 그 새는 붉었고 무척 컸다. 민진이 새를 가리키며 운전석을 돌아보았다.

"저기 보이세요? 엄청 큰 새예요."

하지만 채 말을 끝맺기도 전에 상체가 앞으로 쏠렸다. 세단이 다급한 커브를 그리면서 차선을 바꾸었다. 안전벨트에 짓눌린 가슴께에서 경미한 통증이 느껴졌다.

어머니가 경적을 울렸다. 잔뜩 화가 난 탓인지 얼굴 전체가 시뻘겋게 달아올라 있었다.

"깜빡이도 안 켜고 끼어들면 어떻게 해! 큰일날 뻔했잖아."

아버지 역시 무척 놀란 듯 보였다.

"민진아, 괜찮니? 당신은요?"

어머니가 룸미러를 곁눈질했다. 둘의 시선이 오랜만에 부딪혔다.

"나는 괜찮아요. 민진이도 다친 데 없지?"

"네, 저도 괜찮아요."

안경을 고쳐 쓴 민진이 조심스럽게 둘을 훔쳐보았다. 아버지가 룸미러에 향해 있던 눈길을 내리며 괜스레 목뒤를 훑었다.

"다행이네."

"그러게 말이에요."

민진이 표정을 들키지 않으려는 듯 의자 깊숙이 몸을 묻었다. 잠시간 어색한 침묵이 흐르는가 싶더니 어머니가 제안했다.

"어디 내려서 뭐라도 좀 마시는 게 어때요?"

"그렇게 해요. 근처에 휴게소가 있었던가."

민진의 입가에 어렴풋한 미소가 어렸다. 그사이 황혼도 사라지고 세상이 한층 검어져 있었다. 민진은 자신이 환시를 본 게 아닐까 의심스러웠다. 그러나 거대한 새가 날개를 펼치며 저물녘의 하늘로 날아오르는 광경은 그후로도 오랫동안 민진의 머릿속을 떠나지 않았다.

그로부터 세 달여 뒤 그들 가족은 새별시로 이사했다. 이사라는 대사를 앞두고 부모님 사이의 불화는 누그러지기는커녕 그 어느 때보다 심각해졌다. 민진은 이듬해 고등학교에 입학했다.

민진은 같은 반 여학생들 가운데 두번째로 키가 컸다. 턱이 갸름해 짧은 머리가 잘 어울렸고 곧고 바른 자세 때문에 결단력 있어 보였다. 민진은 남학생들이 함부로 대하지 못하는 여학생이었다. 먼저 다가가 친해지고 싶은 친구라는 뜻은 아니었다. 오히려 그 반대라면 모를까.

언젠가부터 민진은 더는 자기 얘기를 털어놓지 않게 됐다. 그의 내면에서 일어나는 감정적인 격동을 아무도 눈치채지 못했다. 겉보기에 민진은 모범생이었고 착한 딸이었으며 예의 바른 친구였다.

민진이 집 주변을 산책하기 시작한 건 단순한 이유에서였다. 민진은 이 도시가 생소했고 베낀 것처럼 엇비슷한 골목들 사이에서 자주 방향감각을 잃곤 했다. 문구점을 찾으러 나왔다가 같은 길을 빙글빙글 돈 끝에 전혀 다른 골목에 이르기 일쑤였다.

그러다 걷기에 차츰 재미를 붙였다. 이 도시는 민진이 이제껏 살았던 곳과는 달랐다. 내 옆에는 갈대가 우거져 있었고 그 너머로는 논밭이 펼쳐져 있었다.

어느 날 민진은 학원 수업을 마치고 산책로를 걷다 철새 한 무리를 목격했다. 하나의 목표 아래 함께 나아가는 새들의 모습이 민진의 마음을 들뜨게 했다.

그 무렵까지만 해도 민진은 사람들 곁에 살면서 길들여지지 않은 존재들에 대해 진지하게 생각해본 적이 없었다. 그러나 그의 눈에 띄지 않았다뿐 동물들은 이 도시를 보금자리로 삼고 있었다. 새들은 어디에나 있었다. 까마귀들은 행인들이 버리고 간 쓰레기를 흩뜨렸고 동박새들은 정원의 꽃나무에서

꿀을 따먹었다. 딱따구리들은 아파트 단지가 반쯤 허물며 들어앉은 뒷산 나무의 구멍에 둥지를 틀었다.

무수한 새들이 빌딩의 유리창에 부딪혀 죽었다. 고속도로의 방음벽은 새들에게 생과 사의 장벽과 같았다. 한밤중에도 꺼지지 않는 빛은 새들을 혼란에 빠뜨렸다. 더군다나 민진이 사는 이 도시는 철새들이 매해 먹이를 구하러 오는 습지의 일부를 메우며 들어섰다.

민진은 죄책감에 사로잡힌 채로 되뇌곤 했다. 이 도시가 생기지 않았다면, 그래서 자신 같은 외지인이 이주하지 않았다면 새들에게 나았을까?

민진은 새가 좋았다. 탐조가 좋았다. 새를 관찰할 때는 적당한 거리를 유지해야 한다는 점이 특히 그랬다.

민진은 발소리를 죽이고 걷는 법과 인내심을 가지고 조금씩 천천히 다가가는 법을 익혔다. 침묵에 익숙해졌다. 수풀 속에 떨어진 깃털을 수집했으며 새와 관련된 책들을 사 모았다. 어딜 가든 습관적으로 쌍안경을 목에 걸었다. 민진은 관찰 수첩에 그날그날 찍은 사진과 동영상을 참고해 기록을 남겼다. 잠이 오지 않는 밤, 민진은 스탠드 불을 켜고 보석함에 넣어둔 깃털들을 꺼내 구경하곤 했다.

지난가을, 반 친구들에게 떠밀려 인근의 도서관을 방문한

날. 민진은 잠깐만 둘러보고 오겠다는 쪽지를 남기고 일어서 자연과학 서가로 갔다. 이런저런 책들을 구경하다 책등이 붉은 책 한 권을 꺼내 들었다. 스르륵 책장을 넘기다 손길이 멈추었다.

오른 책장의 상단에 오리 모양 토기의 사진이 실려 있었다. 민진이 그 아래에 적힌 문장을 따라 읽었다.

새는 이승과 저승을 잇는 존재다.

그때 뒤편 창문에서 무슨 소리가 들렸다. 민진이 블라인드 틈새로 밖을 내다보았다. 바로 앞 화단에서 어치들이 나뭇가지를 넘어 다니고 있었다.

순간적인 깨달음이 그의 눈앞을 밝혔다. 그날의 일은 정말로 우연이었을까? 이 책에서 설명하는 것처럼 그 붉은 새가 이승과 저승을 잇는 존재라면, 그 새를 제 눈으로 직접 목격했기 때문에 그들 가족이 죽음의 위기에 내몰렸던 것이라면.

비약이야, 지나친 생각이라고. 민진이 절레절레 고개를 흔들며 책을 덮었다. 서가에 다시 책을 꽂아 넣으려다 옆을 지나던 사람과 부딪치고 말았다.

"죄송합니다."

사과하는 순간 상대가 도리어 반가워하며 인사했다.

"어라, 민진이잖아? 너도 와 있었네."

그런 준후를 가만히 바라보던 민진이 장난 비슷하게 들고 있던 책을 내밀었다.

"이 책, 너도 읽어볼래?"

"무슨 책인데?"

준후가 서뜻 책을 받아 들었다. 민진이 준후의 속눈썹이 드리운 그림자를 들여다보았다. 새를 관찰할 때처럼, 비밀스럽게.

어떤 존재는 지켜보는 것만으로도 충분했다.

새별이 부는 휘파람 소리가 겹겹의 파문을 일으켰다. 새별이 다시 한번 입술을 오므렸다. 삐익 하는 소리가 끊어질 듯 아스라하게 이어지면서 도시 곳곳에 메아리쳤다. 뒤따르는 정적.

희미가 주근깨가 돋은 콧등을 찌푸렸다. 이 시간에 무슨 휘파람? 희미가 뭔가 따져 물으려는 듯한 몸짓을 해보이자 새별이 결연하게 팔을 들었다. 잠시만 지켜봐달라는 신호였다.

민진이 눈을 크게 뜨고 서리가 내린 풀들 사이를 응시했다. 멀리서 흐릿한 형체가 움직이는 것이 보였다. 희미 역시 그 광경을 목격했는지 주먹을 꽉 쥐고 꿀꺽 마른침을 삼켰다. 그때 바스락 소리와 함께 어둠 속에서 얼룩덜룩한 털 뭉치가 튀어나왔다.

희미가 맥빠진 소리를 냈다.

"뭐야, 고양이잖아."

찡그린 얼굴에 실망스러운 기색이 떠올라 있었다. 희미는 그보다 훨씬 무섭고 힘센 지원군이 나타날 거라고 내심 기대하고 있었을까? 희미야 낙담하든 말든 삼색 고양이는 살랑살랑 꼬리를 흔들면서 우아한 몸놀림으로 그들 쪽으로 다가왔다.

가뜩이나 이동장을 놓치고 괴로워하던 민진은 이제 잔뜩 겁먹은 표정이었다. 삼색 고양이가 꼬리를 구부러뜨린 채로 발치를 지나자 "히끅" 소리를 내면서 깨금발을 딛기까지 했다.

새별이 몸을 굽혀 녀석의 엉덩이를 두드려주었다.

"네가 첫번째네. 사탕아, 와줘서 고마워."

삼색 고양이가 수염 끝을 올리며 눈을 가늘게 떴다. 그런 다음 유자에게 다가가 킁킁 냄새를 맡았다. 유자도 친구를 반갑게 맞아주었다.

"설마 이게 다야?"

희미가 황당하다는 듯 물었다. 허리에 손을 얹은 새별이 도리질했다.

아니나 다를까, 사방에서 부스럭 소리가 한꺼번에 터져나오기 시작했다. 그와 함께 들리던 야옹야옹하는 울음소리. 검정고양이에 이어 흰 고양이가 나타났고 노란 고양이와 얼룩

고양이가 뒤를 따랐다.

새별은 일일이 녀석들을 반기며 인사해주었다.

"초코야, 안녕. 백설이랑 모래도 건강해 보이네. 봄봄이도 잘 지냈지?"

고양이들은 자꾸 나타났다. 불쑥 나타났고 유유히 나타났고 소란을 일으키며 나타났다. 희미는 그 광경을 코앞에서 지켜보고 있으면서도 제 눈을 믿을 수 없었다. 우리 동네에 이렇게 많은 고양이들이 있었다니!

게다가 그 고양이들은 생김새도 울음도 다 달랐다. 코의 색이 옅거나 까맸고 날씬하거나 오동통했으며 울음소리가 가늘거나 크거나 사나웠다. 희미가 잇따른 고양이들의 출현에 감탄하는 동안에도 민진은 어깨를 움츠린 채로 와들와들 떨고 있었다.

새별에게 칭찬 한마디씩을 들은 고양이들은 여기까지 오는 것만으로도 기력이 다했다는 듯 이곳저곳에 아무렇게나 널브러졌다. 몇 마리는 털을 핥았고 몇 마리는 꾸벅꾸벅 졸기도 했다.

그러는 사이 고양이들은 돌담 옆 공터를 꽉 채울 만큼 많아져 있었다. 새별이 나무 앞으로 나와 섰다. 죽은 나무를 올려다본 다음 뒤돌아 휘파람을 불었다. 그 소리가 아까에 비해

짧고 단호했다. 그러자 각자 일에 몰두하고 있던 고양이들이 즉각적으로 동작을 멈추었다. 동그란 눈동자가 한 쌍씩의 불을 밝혔다.

"고마워. 바쁠 텐데 여기까지 와주고."

새별이 고양이 한 마리 한 마리를 힘주어 바라보았다.

"너희를 이 언덕으로 부른 건 부탁을 하기 위해서야. 이번 일은 내 힘만으로는 도저히 해결할 수 없을 것 같아서. 맞아, 새 한 마리를 찾아야 해. 곤줄박이야. 너희도 그 새를 보면 다른 새와 다르다는 걸 알 수 있을 거야. 너희는 동물들 중에서도 특히 감이 좋고 영리하니까. 그 새는 진짜 새가 아니거든."

그러더니 부랴부랴 덧붙였다.

"명심해. 절대 다치게 하면 안 돼. 깃털 하나 건드리지 마. 우리의 목표는 그 새를 안전하게 데리고 오는 거라고. 찾는 즉시 내게 신호를 보내는 거야. 알겠지?"

검정고양이가 질문하는 것 같은 투로 야옹야옹 울었다. 새별이 당연하다는 듯 대답했다.

"물론. 그 새를 찾는 고양이에게는 간식을 줄 거야. 아주아주 맛있는 간식을."

그런데도 고양이들은 꼬리로 바닥을 치면서 무심한 태도로 주저앉아 있을 뿐이었다. 보다못한 새별이 두 팔을 벌려 그들을 억지로 움직이게 했다.

"내 말 못 들었어? 빨리 흩어져. 그 새가 더 멀리 달아나버리기 전에 수색을 시작하자고, 어서."

사탕이라는 이름의 삼색 고양이가 뭉그적뭉그적 엉덩이를 일으켰다. 그러자 다른 고양이들 역시 일어나 기지개하듯 쭉 몸을 폈다. 그때 돌무더기 옆에 있던 흰 고양이가 심상치 않은 기척이라도 감지한 것처럼 귀를 쫑긋거렸다. 근처 고양이 서너 마리가 한꺼번에 같은 자세를 취했다. 곧이어 기십 마리에 달하는 고양이들 모두가 꼬리털을 부풀린 채로 하늘을 올려다보았다.

새별이 의미심장한 표정으로 실눈을 떴다. 하지만 희미에게는 아무것도 보이지도 들리지도 않았다. 주위를 휘둘러보며 희미가 궁금해죽겠다는 듯 물었다.

"뭐야? 뭐가 오고 있는 건데?"

새별이 쉿 소리를 내며 손가락을 들어 보였다. 희미가 불만스럽게 입술을 비죽거렸다.

민진이 두 팔을 엇갈려 양어깨를 감쌌다. 주변 공기가 참을 수 없을 만큼 스산하게 느껴졌다. 갑작스러운 한기를 물리치려는 듯 발을 굴리던 민진이 새별이 주시하는 곳으로 시선을 던졌다. 멍든 것처럼 얼룩진 하늘 저편에서 붉은빛이 깜빡이고 있었다. 민진이 중얼거렸다.

"새야. 새가 나타났어."

이 도시를 처음 방문하던 날 차창 너머로 목격했던 바로 그 새였다. 소리도 없이 날렵하게 하강한 붉은 새는 날개를 접으며 죽은 나무의 꼭대기에 내려앉았다. 미약한 바람도 일으키지 않았다. 무게도 없는 듯했다. 나무는 물론이고 가지에 매달린 리본 하나 흔들리지 않았다.

가장 가늘고 연약한 가지를 디딘 채로 붉은 새가 은은한 광휘를 퍼뜨렸다.

고양이들이 입 가장자리로 송곳니를 드러냈다. 새별이 공격을 감행할 것처럼 온몸을 긴장시켰다.

민진이 입술을 틀어막았다. 붉은 새 옆에서 날갯짓하고 있던 새 한 마리, 그는 준후였다. 곤줄박이였다.

"준후가 돌아왔어! 준후야, 준후야!"

민진이 억눌린 목소리로 외쳤다. 그제야 참고 있던 눈물이 흘렀다.

"준후야, 미안해. 그리고 고마워."

자신도 모르게 팔을 뻗으며 걸음을 떼려는 찰나 누군가 그를 저지했다.

"물러서. 가까이 다가가면 안 돼."

새별이 민진을 거칠게 막아 세웠다.

"왜? 준후를 데리고 와줬잖아. 저길 봐. 저 곤줄박이는 준후라고. 내가 알아."

"아니, 저 붉은 새는 네가 생각하는 존재가 아니야. 절대로."

새별의 주장에 힘을 보태려는 듯 고양이들이 울었다. 새별은 몹시 격앙된 상태였다.

"방금 전 나무를 죽인 것도 저 새일 거야. 왜냐하면 저 새는 넋을 거두어가는 존재니까."

민진이 충격받은 얼굴로 비틀거렸다. 신목을 죽인 게 저 새라고? 그날 있었던 일이 정말로 우연이 아니었던 거야?

피 같은 붉은빛에 진저리치면서도 새별은 그 새에게서 눈길을 떼지 않았다.

"이곳에 온 목적이 뭐예요?"

새별이 목소리를 높이자 그의 주변에서 파르스름한 빛이 곤두섰다.

"뭘 원하는 거예요? 이미 저 나무의 넋을 거둬들였잖아요. 그걸로는 만족 못 하는 거예요? 좋아요. 하고 싶은 대로 해보세요. 하지만 제 친구들을 해치려고 한다면 저도 가만히 보고 있지는 않을 거예요."

그 말이 끝나는 즉시 고양이 한 마리가 신목 가까이로 달려

들었다. 털빛이 노랗던 그 고양이는 바로 유자였다. 다른 고양이들이 기다렸다는 듯 한꺼번에 움직였다. 그러고는 붉은 새가 내려앉은 나무를 둘러싸고 위협적으로 부르짖었다.

붉은 새는 미동도 하지 않았다. 그러나 어느 순간부터인가 그를 에워싼 공기가 돌변한 것이 느껴졌다. 황금빛 눈동자가 냉담하게 가라앉아 있었다.

민진이 새별을 만류했다.

"새별아, 오해야. 저 새는 그런 이유로 여길 찾아온 게 아닐 거야."

적대하는 무리들 사이에서도 민진은 조금의 두려움도 내비치지 않았다. 그 소녀의 침착함은 의외의 순간 힘을 발휘했다.

"그렇지, 준후야? 너도 그렇게 생각하지?"

민진이 미소를 띠며 곤줄박이를 향해 손을 내밀었다. 그 부름에 호응하듯 새가 포르르 날개를 치며 날아들어 민진의 손등에 살포시 내려앉았다.

두어 걸음 뒤에서 희미가 쓴 것이라도 깨문 것처럼 이맛살을 찌푸렸다. 하지만 속마음을 들키지 않으려는 듯 금세 표정을 바꾸었다.

새별이 위협적으로 일렁이던 푸른빛을 누그러뜨렸다. 고양이들도 적개심을 지우고 물러났다.

새별과 눈을 맞추며 고개를 끄덕인 민진이 붉은 새를 향해 뒤돌아섰다.

"당신 덕분에 친구를 되찾을 수 있었어요. 감사합니다. 두 번 다시 만나지 못할까봐 무척 걱정하고 있었거든요. 만약 그랬다면 저 자신을 용서할 수 없었을 거예요. 매일 밤 후회하고 또 후회했을 거예요."

저 붉은 새는 어쩌면 새별의 주장대로 죽은 넋을 인도하는 사자가 맞을지 몰랐다. 민진은 그렇다고 저 새가 늘 죽음만을 불러오는 건 아니리라고 믿었다. 그에게서 말로는 다 할 수 없는 슬픔이 전해졌기에. 어떤 감정은 표현하지 않아도 드러나는 법이었으니까.

"저, 한 가지만 여쭤봐도 될까요? 알고 계실지 모르겠지만 이 곤줄박이는 원래 사람이었어요. 저희와 같은 반 친구요. 혹시 저희를 도와주실 수는 없을까요? 이 새를 사람으로 되돌리는 방법을 알려주실 수 있으세요? 그렇다면 부탁드릴게요."

민진은 자신이 왜 하필이면 저 새에게 그런 질문을 하는지 알 수 없었다. 그럼에도 왠지 그에게서 답을 이끌어낼 수 있을 것이라는 확신이 들었다.

붉은 새가 노래했다. 그의 음성은 그윽했고 그들 모두를 사로잡을 듯했다.

4. 붉은 새의 노래

그 어린 참새는 풀씨 몇 톨을 삼킨 이후로 이렇다 할 먹이를 찾지 못했다. 추수가 끝난 지 오래인 논 가장자리를 기웃거리다 무리에서 떨어져나와 홀로 남겨졌지만 그래서 오히려 운이 따랐는지 몰랐다. 쓰레기 더미 옆에 흩어진 낟알을 발견하고 허겁지겁 부리를 가져다 대려는 찰나, 둑길에서 발소리가 들렸다. 낟알을 입에 문 채로 참새는 허둥지둥 울타리 위로 날아올랐다.

어스름한 저녁 빛 속에서 검은 밴 차량이 달려나왔다. 참새의 몸뚱이가 앞유리에 부딪히는 순간의 충격을 감지한 운전자가 욕설을 내뱉었다.

"재수가 없으려니 젠장."

그런 다음 불을 끄지 않은 담배를 창밖으로 내던지곤 가속 페달을 밟았다. 카 오디오에서 흘러나오는 음악 소리가 멀어졌다.

참새는 도로에 쓰러져 잠시 꿈틀거렸다. 곧이어 픽업트럭이 그를 짓뭉개고 지나갈 무렵 그는 이미 죽어 있었다. 그러다 얼마 뒤 아무 일도 없었다는 듯 되살아나 깡충 뜀박질했다.

참새는 물고 있던 낟알을 잃어버렸다는 걸 깨달았다. 하지만 뜻밖에도 배고픔은 사라져 있었다. 주변을 기웃거리던 참새는 도롯가에서 피범벅을 한 털 뭉치를 발견하고 까닭 모를 불안감에 사로잡혔다. 폴짝거리며 같은 자리를 맴돌다 무슨 소리인가를 들었다.

바로 위 하늘에 어떤 형체가 떠 있었다. 그는 거대하고 붉었으며 활활 타오르는 듯했다. 점점의 빛들이 그의 옆에서 점멸했다.

참새가 무심결에 날개를 놀렸다. 가야 할 때라는 예감이 들었다. 목적지가 어디인지는 몰랐다. 같이 가자고 설득이라도 하는 것처럼 쉴 새 없이 반짝이는 저 빛들이 알려주지 않을까? 자신의 사체를 뒤로하고 참새가 하늘 높이 날아올랐다.

붉은 새의 왼 날개에는 어린아이가 올라앉아 있었다. 돌도 안 지난 그 아이는 꿈결 속에서 숨을 거두었다. 그의 부모는 먼저 죽은 자식의 이름을 평생 기억할 것이었다. 이는 눈 속에 들어간 티끌 같은 슬픔이었다.

참새가 바람을 타며 유유히 나는 방향을 바꾸었다. 붉은 새의 오른쪽 옆구리에는 백발의 노파가 기대서 있었다. 오랜 병마를 떨친 그는 무척 홀가분해 보였다. 한편 노파의 품에 안겨 가르랑거리던 고양이는 간밤 추위를 피해 자동차의 엔진룸에 들어갔다가 사고를 당했다. 참새의 옆에서 농약을 먹고 죽은 개가 달음질했고 덫에 걸려 죽은 삵이 그를 쫓아 허공을 가로질렀다. 살처분당한 돼지와 플라스틱을 먹고 폐사한 거북도 저마다 빛을 발했다.

육체의 구속에서 벗어난 넋들은 때때로 길을 잃곤 했다. 탄생이 한 번뿐이듯 죽음 역시 그러했으므로. 붉은 새는 그 같은 넋들을 인도해주었다. 영원에 가깝게 되풀이되는 임무에 임하는 다른 존재들처럼 아주 단순한 진리만을 따랐다. 생이 이어지는 한 항상 죽음이 있을 것이다. 그가 거둘 마지막 생명은 그 자신의 것일 것이다.

오늘 들메나무가 죽었다. 수백 년을 산 그 나무는 오랜 벗의 안내를 필요로 하지 않았다. 그가 두려움을 떨치며 승천하는 순간 짙푸른 빛이 사방에 휘몰아쳤다.

그 나무는 신이었다. 긴 나날 동안 그 일대를 터전으로 삼은 생명들을 지지하고 독려했다. 이제 텅 비어버린 그의 껍데기는 썩고 허물어져 다른 것들을 먹일 것이었다.

붉은 새는 그 나무에 앉아 있으면서도 그의 시선이 미치지 않는 곳에서 조금씩 다해가는 목숨들을 감지할 수 있었다. 죽음은 도처에 있었다. 그러나 삶은 꺼지고 난 뒤에도 온기를 남겼다. 아주 잠시 동안이라 할지라도.

고양이들의 배후에 소녀 셋이 둘러서 있는 것이 보였다. 황금빛 눈동자가 개중 한 소녀에게 멎었다. 붉은 새는 그 소녀가 처음 모습을 드러낸 날을 떠올렸다. 도시 전체가 그의 현현을 반기면서 찬란하게 빛나는 순간, 직전까지만 해도 강건하게 자신의 녹음을 과시하는 듯하던 신목은 눈 깜짝할 사이에 나이를 먹은 노인처럼 쇠약한 가지를 늘어뜨리며 벌레 먹은 이파리를 떨어뜨렸다.

하지만 왜일까? 저 소녀에게서 먼 과거의 한때가 전해지는 듯했다. 그 옛날, 그 나무가 퍼뜨리던 아름다움이 넘쳐흐르는 것 같았다.

붉은 새는 생각했다. 그의 벗은 무엇을 위해 마지막 숨결을 저 아이에게 불어넣어주고 스스로 소멸하기를 선택했을까?

어떤 본능에 이끌렸는지 몰라도 그에게 질문을 던진 건 현명한 행동이었다. 붉은 새는 인도하는 존재였으니까. 길 잃은 자들을 위해 봉사하는 것이 그에게 주어진 임무였으니까.

질문에는 답이 따라야 하는 법. 그러나 그 답이 그에 맞는 형식을 따라야 한다는 것 또한 그가 속한 세계의 규칙이었다.

붉은 새가 노래했다. 그의 음성은 그윽했고 그들 모두를 사로잡을 듯했다.

저승만큼 멀고 죽음만큼 깊은 곳에 그는 잠들어 있다.

그를 깨울 수 있다면

황금빛 눈동자가 떠오르는 밤에 소원을 이루리라.

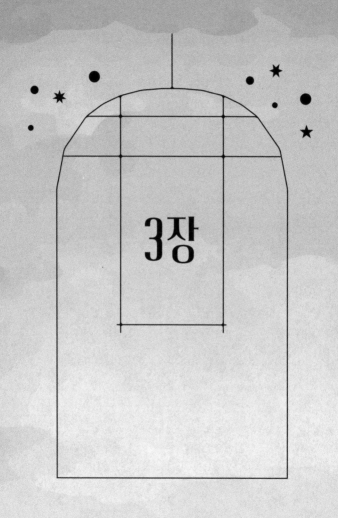

3장

1. 다 함께 수수께끼 풀기

민진이 손등에 앉은 새를 이동장 안에 도로 넣어주었다. 희미가 코트 주머니에서 리본을 꺼내 헐거워진 문을 묶어 고정시켰다. 붉은 새는 떠나버렸고 고양이들은 새별의 배웅을 받으며 흩어졌다. 집으로 돌아가는 길, 민진은 천을 덮은 이동장을 소중하게 품에 안고 있었다.

셋은 곧장 수수께끼 풀기에 돌입했다. 틈날 때마다 단톡방에서 이런저런 의견을 주고받았다. 개중 가장 적극적이었던 건 희미였다. 아무때나 불쑥불쑥 내키는 대로 메시지를 보내 둘의 반응을 요구했다.

「잠 하면 역시 겨울잠일까?」

「아니면 낮잠?」

「애들아, 내가 얼마 전에 유튜브에서 동영상을 하나 봤는데」

「너네 왜 답을 안 함?」

하루 넘게 머리를 모아보았지만 셋이 동시에 수긍할 수 있는 결론을 내리지는 못했다. 그로부터 이틀 뒤 그들은 일전의 와플가게에서 다시 만나기로 했다.

그날 새별은 진녹색 트레이닝복 상하의를 입고 나타났다. 간식이라도 가지고 왔는지 상의 주머니 한쪽이 볼록하게 튀어나와 있었다. 그 모습을 훔쳐보며 희미가 놀랍지도 않다는 듯 눈동자를 굴렸다.

진동벨이 울리자 민진이 메뉴를 받아왔다. 희미가 김이 피어오르는 잔을 만지작거렸다. 새별은 언제나처럼 음식 앞에서 적극적이었다. 큼직하게 자른 와플에 생크림을 듬뿍 얹어 입으로 가져갔다.

턱을 괸 민진이 테이블 위에 펼쳐놓은 노트를 내려다보았다. 민진은 어제저녁 생각도 정리할 겸 노트에 몇 가지 메모를 해두었다. 그 노트의 귀퉁이에는 물음표와 함께 노란색 동그라미가 그려져 있었다.

최소한 한 가지는 확실했다. 민진은 황금빛 눈동자가 달일 거라고 확신했다. 보름달이 뜬 하늘 아래 나무 한 그루가 서 있는 모습이 눈앞에 어른거리는 듯했다. 그다음에는? 무슨 일이 일어나는 거지? 그런다고 답이 떠오르는 것도 아닌데 민진은 노트를 응시하는 눈에 잔뜩 힘을 주었다.

새별이 접시 옆에 포크를 내려놓곤 우물거렸다.

"……너희들 있잖아."

희미와 민진이 동시에 시선을 들었다.

"호떡 먹고 싶지 않냐?"

"너는 왜 맨날 먹는 얘기야?"

면박을 주던 희미가 "아" 하는 소리를 내더니 스리슬쩍 말투를 바꾸었다.

"혹시 너 같은 존재들은 다 그래? 먹어도 먹어도 배고파? 그래서 추위도 안 타는 거야?"

"나도 몰라."

새별이 냅킨으로 입가를 닦으며 대답했다.

"나 같은 존재들이 어떤지. 본 적이 없거든. 그 나무를 빼면. 이제는 그 나무도 죽고 없지만."

당황한 희미가 말을 더듬었다.

"미, 미안. 내가 눈치도 없이."

"뭐, 괜찮아."

새별이 대수롭지 않다는 듯 어깨를 들먹였다. 희미가 말없이 제 몫의 와플 한 조각을 덜어 새별의 접시에 옮겨주었다.

새별의 정체를 알게 된 뒤로도 그를 대하는 둘의 태도는 별반 달라지지 않았다. 그건 이전에 겪은 사건 때문일까? 준후가 새로 변하는 광경을 이미 한 차례 목격한 바 있어서? 그 때문에 연이어 벌어진 상식 밖의 일들을 보다 열린 마음으로 받아들일 수 있게 됐달지.

그 이유가 무엇이든지 간에 새별은 자신을 특별 취급하지 않는 둘에게 고마웠다.

새별이 희미가 건네준 와플 조각을 포크로 찍었다. 미소의 흔적인 듯 볼 가장자리에 보조개가 패 있었다. 코끝에 주름을 잡은 채로 카톡 창에 뭔가를 마구 써넣는가 싶던 희미가 눈을 부릅뜨며 신음했다.

"이게 대체⋯⋯"

민진이 노트에서 시선을 뗐다. 고민하는 기색이던 희미는 직접 보여주면서 설명하는 편이 낫겠다고 판단한 듯 둘 쪽으로 들고 있던 휴대폰을 기울였다.

"동네 친구들이랑 같이 만든 단톡방이야. 여기 애들 어제까지만 해도 준후를 엄청 걱정하고 있었거든. 가출했다느니 납치당했다느니 헛소리를 하기는 했지만 지금 상황에 안 그러는 애들은 거의 없을 것 같고. 그런데 오늘 아침부터 준후 애기가 싹 사라진 거야. 뭔가 좀 이상해서 내가 준후에 대한 새로운 소문이 없느냐고 방금 슬쩍 한번 떠봤거든. 그런데 무슨 대답이 돌아왔냐면……"

희미가 화면 아래로 손가락을 내렸다.

"준후가 누구냬! 이게 말이 돼?"

민진이 무심결에 볼펜 끝을 잘근거렸다. 그 둘과는 대조적으로 새별은 담담해 보였다.

"내가 말했잖아. 일주일만 지나도 아무도 준후를 기억하지 못하게 될 거라고. 준후라는 사람이 처음부터 존재하지 않았던 것처럼 깨끗하게 잊힐 거라고. 기억이 정리되고 있는 모양이지. 넋과 관련된 일들은 그렇게 돼."

"망했다, 이렇게 빨리."

앞머리를 잡아 뜯던 희미가 주위를 의식한 듯 자세를 낮추며 속살거렸다.

"윤새별, 네 능력으로는 해결이 안 되는 거야? 너는 평범한 인간이 아니잖아. 우리한테 없는 힘도 있는 것 같던데."

"그건 그 나무가 한 일이니까 당사자가 직접 거둬들여야 해. 내가 개입할 수 없어. 불가능해."

새별이 대답했다. 희미는 며칠 전 만난 여자애의 얘기를 되새겼다. 그 애, 업도 말했다. 그 일에 대해서는 자신이 해줄 수 있는 게 없다고.

준후는 민진의 집에 이전처럼 금세 적응한 듯했다. 모이도 잘 먹었고 물도 잘 마셨으며 잠도 잘 잤다. 새장 안을 돌아다니며 기분 좋게 지저귀기도 했다. 민진은 그런 새의 모습을 동영상으로 촬영해 틈틈이 단톡방에 공유했다.

침묵 속에 흐르는 비관을 쫓아버리려는 듯 세차게 고갯짓한 민진이 카디건 주머니에서 휴대폰을 꺼내며 둘을 향해 손짓했다.

"하마터면 까먹을 뻔했네. 내가 웹서핑을 하다가 찾은 게 있거든. 여길 좀 봐봐. 새별시에 대해 소개하는 사이트인데 눈여겨볼 만한 내용들이 있더라고."

민진이 휴대폰 화면에 읽기 목록에 저장해두었던 웹페이지를 띄웠다.

"옛날에 달끝마을에서 치렀던 의식이 있대. 안타깝게도 일제강점기를 지나면서 명맥이 끊어진 모양이야. 그 무렵부터 마을의 인구도 급격하게 줄었다고 하고."

"무슨 의식인데?"

희미가 솔깃해하며 물었다.

"달그림자 긷기. 보름달이 뜬 밤에 우물가에서 치른 의식이래. 마을 사람들이 모여 경을 외고 기도를 올리면서 다음 한 해도 우물물이 마르지 않기를, 마을 전체가 안온하고 넉넉하기를 기원했대. 그 우물, 신목 옆에 있었대. 여기에도 그렇게 적혀 있는걸. '천년이 넘게 마르지 않은 그 우물은 신목으로 모시는 들메나무 옆에 있었다.'"

"얼마 전에 엄마가 비슷한 얘길 꺼낸 적 있는데. 확실해, 그 얘기였어."

희미가 반색하며 목소리를 돋우었다. 구미가 당기는 듯한 표정으로 새별이 민진의 휴대폰 화면을 주시했다.

"한번 여쭤봐야겠다. 알고 계신 게 있을지도 모르니까. 우리 엄마 이 동네 토박이나 마찬가지거든. 그 웹페이지 나한테 보내줄 수 있어?"

희미의 부탁을 받은 민진이 해당 사이트를 나머지 둘과 공유했다. 민진이 학원에 가야 한다며 일어서면서 셋은 자리를 정리했다. 새별은 희미에게 같이 호떡을 먹으러 가자고 제안했지만 단호하게 거절당했다.

셋은 횡단보도 앞까지 같이 걷기로 했다. 희미가 코트 주머니에 손을 찌르며 들릴 듯 말 듯 콧노래를 흥얼거렸다. 그러다 가로수 옆에서 뭔가를 발견하고 발걸음을 멈추었다. 바닥에 떨어진 전단지를 주워 드는 손끝이 떨리는 듯했다. 새별이 희미의 손에 들린 전단지를 넘겨보며 중얼거렸다.

"······준후네."

구겨진 전단지의 상단에는 '사람을 찾습니다'라는 문구가 고딕체로 커다랗게 적혀 있었다. 그 아래에는 준후의 사진이 프린트돼 있었다. 사진 속에서 준후는 쑥스러운 듯 눈을 내리 뜨고 웃고 있었다.

이 얼굴을 아무도 기억하지 못하게 된다니. 이 웃음이 영원히 잊힐지도 모른다니. 입술을 깨문 채로 전단지의 주름을 펴던 희미가 애써 태연한 시늉을 하며 둘을 향해 시선을 던졌다.

"내일 우리집에서 안 만날래?"

"너희 집에서?"

민진이 되물었다.

"매번 와플가게에서 모이기도 그렇고. 한 번쯤 분위기를 바꿔보는 거지. 너희도 이참에 우리 동네 구경도 하고. 두 시까지 오면 돼. 둘 다 괜찮지? 우리집이 어디냐면······"

희미가 주소를 불러주자 새별이 휴대폰을 이용해 지도를 검색했다. 그런 다음 주소의 위치를 캡처해 링크와 함께 단톡방에 공유했다.

셋은 곧 헤어졌다.

다음날 새별이 도서관 앞에 도착했을 때 민진은 무릎 위에 노트를 펼치고 벤치에 앉아 있었다. 계단을 올라오는 새별을 알아본 민진이 서둘러 자리에서 일어났다.

"왔구나. 그럼 갈까."

백팩을 챙기던 민진은 새별의 뒤를 어슬렁거리는 노란 털의 고양이를 발견하고 흠칫거렸다. 새별이 난감하다는 투로 말했다.

"유자가 자기도 따라가겠다고 하도 고집을 부려서. 대신 오늘은 내 말을 잘 듣기로 약속했어. 한 번만 봐주라."

유자가 항변이라도 하는 것처럼 야옹야옹 울었다. 이런 상황에 매몰차게 굴기도 곤란했던 민진은 마지못해 머리를 끄덕였다.

민진의 걱정이 무색하게 유자는 있는 듯 없는 듯 조용히 그들을 따라왔다. 민진이 그런 유자를 흘끔거리며 물었다.

"전부터 물어보고 싶었는데 왜 유자를 집으로 데리고 가지 않아? 혹시 외출냥이야?"

"음, 외출냥이는 아니고. 유자는 동네 고양이로 지내고 싶대. 아직까지는."

새별이 바로 옆에 따라붙은 유자를 내려다보며 대답했다.

"그래서 지금 당장은 원하는 대로 해주고 싶어. 나중을 위해서라도 더더욱."

그 짧은 문답 덕분일까, 민진은 새별과 걷는 것이 조금 편해졌다. 둘은 소소한 대화를 주고받으며 큰길가로 나왔다. 공터 옆 집 몇 채가 비어 있었다. 황폐해진 정원에는 못 쓰게 된 가구며 폐기물들이 쌓여 있었다.

　오래된 빌라와 주유소, 식당 건물을 지나자 달끝마을이라고 적힌 비석이 눈에 들어왔다. 둘은 내를 가로지른 다리를 건넜다. 마을 초입을 지나고서부터 유자는 몹시 긴장한 듯 보였다. 꼬리를 내리고 새별의 옆에서 한시도 떨어지지 않았다.

　어느 쪽으로 가야 하나 헷갈려하는 민진을 위해 새별이 휴대폰으로 지도를 확인하며 일일이 방향을 일러주었다.

　"거기서 오른쪽, 그다음은 왼쪽."

　갈림길에서 우측 길을 택해 들어가자 양지바른 곳에 자리 잡은 기와집이 보였다. 돌담으로 에워싸인 골목 끝에서 민진이 새별을 돌아보았다.

　"여기가 맞아?"

　"어, 확실해."

　휴대폰 화면에서 눈을 뗀 새별이 반질반질한 윤기를 머금은 대문을 바라보았다.

　"희미가 이런 집에 산단 말이지. 완전 좋다."

　혼잣말하던 민진이 반 뼘 남짓 열려 있던 문틈으로 안을 들여다보며 외쳤다.

"계세요? 저희는 희미 친구들이에요. 희미를 만나러 왔어요."

그러자 마당 건너에서 말소리가 들렸다. 희미였다.

"들어와. 기다리고 있었어."

"너희 집 되게 근사하다."

민진이 문턱을 넘어 들어갔다. 뒤따라 걸음을 떼려던 새별이 동작을 멈추었다. 무형의 힘이 그를 떠미는 듯한 느낌이 들었다. 고개를 갸웃거리며 새별이 다시 한번 오른발을 들었다. 착각이 아니었다. 그 집을 둘러싼 결계 같은 것이 그를 밀어내고 있었다. 발 한쪽도 문턱 안으로 들여놓을 수 없도록, 아주 완강하게.

이 집 살아 있어. 출입을 거부당했다는 사실에 실망하기는커녕 새별은 강렬한 즐거움에 휩싸였다. 나처럼, 그 나무처럼, 이 집에도 넋이 서려 있는 거야.

그때 희미가 대문 사이로 얼굴을 들이밀었다.

"거기서 뭐해? 얼른 들어오라니까."

"아, 그게……"

중얼거리는 순간 새별의 상체가 문 쪽으로 홱 당겨졌다. 어떤 힘센 손이 그의 덜미를 낚아챈 것 같았다. 새별이 어리둥절한 표정으로 발걸음을 옮기며 깨달았다. 그렇구나. 희미의 초대 때문에 나를 거절할 수 없게 된 거야. 희미는 이 집 식구 니까.

그러다 유자가 문밖에 덩그러니 혼자 앉아 있다는 사실을 떠올리곤 부랴부랴 몸을 돌렸다.

"잠깐만 거기서 기다리고 있어. 정 심심하면 마을이라도 한 바퀴 돌고 오든가. 너까지 따라왔다가는 큰 말썽이 벌어질지 모른다고. 제발 부탁인데 몸 좀 사려. 이 마을은 네 영역이 아 니니까. 내가 무슨 말 하는지 알지?"

그런 새별의 충고를 듣는 둥 마는 둥 유자가 뒷발로 귀를 긁었다. 새별이 한숨을 내쉬었다. 여하튼 고양이들이란.

문간을 지나 앞마당으로 들어서자 디딤돌이 깔려 있는 가 운데 일곱 칸짜리 기와집이 동서로 널찍하게 자리잡고 있는 것이 보였다. 수차례 개보수를 거듭한 그 건물은 단정하고 아 담했다. 누마루를 비롯해 대부분의 창에는 유리가 끼워져 있 었고 반듯하게 맞물린 기왓장은 오후의 볕을 받아 흰빛을 발 하고 있었다.

희미가 새별에게 다가와 말했다.

"이 집의 이름은 하하헌이야. 외증조부님이 붙이신 이름이 래. 여름 하에 물 하에 집 헌, 하하헌. 어때, 잘 어울리는 이름 같아?"

"어, 정말."

"솔직히 여름에 더 좋기는 하거든. 올여름에 민진이랑 또 놀러와."

"그래도 돼?"

새별이 묻자 희미가 키득거렸다.

"그럼, 왜 안 되겠어."

그때 화단 근처를 기웃거리던 민진이 희미를 향해 손짓했다.

"이건 누가 달아놓은 거야?"

화단 가에 새 모이통이 설치돼 있는 것을 알아본 모양이었다.

"우리 엄마. 그러고 보니 새들이 가끔 그 주변에 모여 있는 것 같던데. 그게 뭔데 그래?"

"이거 새 모이통이야. 너희 엄마가 직접 만드신 거야?"

그렇게 묻는 민진의 뺨에 홍조가 어려 있었다. 희미가 바로 옆 건물을 가리키며 대답했다.

"어. 우리 엄마 목수거든. 저긴 엄마 작업실."

"와."

민진은 진심으로 감탄한 듯했다. 들뜬 표정으로 희미에게 다가가 이런저런 질문을 던졌다. 뒷짐을 진 채로 용마루를 올려다보던 새별이 재빠르게 옆으로 돌아섰다. 어디선가 시선이 느껴진다 했는데 측면에 있는 건물의 살창 뒤에서 그림자가 어른거리는 모습을 본 것 같았다. 대문 앞에서 출입을 거부당한 일 때문일까? 안 그래도 신경이 곤두서 있던 탓에 순간적으로 착각을 한 걸지도.

바지 주머니에 손을 찌른 희미가 "으으" 소리를 흘리며 제자리걸음했다.

"춥다, 추워. 어서 들어가자."

문을 지난 민진이 거실 안쪽을 응시하면서 조심스럽게 목소리를 높였다.

"안녕하세요. 희미 친구예요."

희미가 그런 민진을 곁눈질하며 히죽거렸다.

"지금 이 집에는 우리 셋밖에 없어. 엄마는 외출하셨어. 언니도 친구 집에 놀러간다고 했고."

"미리 말해주지 그랬어."

민진이 툴툴거렸다. 슬리퍼를 벗어 던진 희미가 깔깔 웃었다. 벽을 희게 칠해서인지 내부는 밝고 넓어 보였다. 카펫이 깔린 거실에는 소파가 놓여 있고 그 뒤로 주방이 들여다보였다. 희미가 맞은편 방문을 턱짓했다.

"저기가 내 방."

걸음을 멈춘 새별이 천장을 유심히 바라보았다. 민진이 새별에게 물었다.

"뭘 그렇게 열심히 봐?"

"어, 뭔가 좀 달라 보여서."

희미가 둘의 대화에 끼어들었다.

"우리 엄마가 그러는데 대들보에는 성주님이 계신대."

"성주라면 집을 지키는 신?"

민진이 눈을 동그랗게 떴다.

"어, 재밌지?"

물은 희미가 후다닥 앞서나가며 손짓했다.

"따라와. 거기서 미적거리고 있지 말고."

희미의 방은 작지만 환했다. 책상 앞 의자에는 커다란 곰 인형이 걸터앉아 있고 침대 옆 벽면에는 애니메이션 포스터가 붙어 있었다. 접이식 테이블에는 귤 몇 개와 과자봉지가 흩어져 있고 그 아래로 방석들이 널브러져 있었다.

민진이 목도리를 풀며 책장을 구경했다. 개중 대다수는 민진이 읽은 적 없는 만화책들이었다. 새별이 창가로 다가가 돌담을 사이에 두고 이웃한 단독주택을 내려다보았다. 침울한 기색이 감도는 듯한 저 집에는 어떤 사람들이 살고 있을까?

방석에 털썩 엉덩이를 던진 희미가 과자봉지를 낚아챘다. 희미가 봉지를 뜯자 새별이 잽싸게 한 움큼을 덜어갔다. 희미가 새별의 손등을 툭 치며 핀잔했다.

"어허, 이건 무슨 새치기. 여기 과자 더 있거든."

침대 모서리에 앉은 민진이 메고 있던 백팩을 벗으며 물었다.

"다들 생각은 좀 해봤어?"

과자를 와그작거리면서 희미가 되물었다.

"너는? 설마 푼 거야, 수수께끼?"

"아직 단언하기는 이르지만 달이 관계돼 있다는 건 확실한 것 같아. 황금빛 눈동자라면 역시 보름달이 연상되지 않아?"

"오, 정말."

희미가 그럴싸하다는 표정을 짓더니 테이블에 팔꿈치를 얹고는 말했다.

"참, 그 달그림자 긴기라는 거 말이야. 엄마한테 여쭤봤는데 들은 지 워낙 오래된 얘기라 자세히 떠오르지는 않으신대. 그런데 정월 대보름에 하는 의식인 건 확실하대. 그러고 보니까 뭔가 연결되는 것 같은데. 달과 정월 대보름. 가만, 정월 대보름이면 당장 내일 아냐?"

그때 밖에서 뭔가 툭 하고 문 아래쪽에 와 부딪히는 소리가 났다. 민진이 화들짝 놀라 물었다.

"희미 너희 집에 아무도 없다고 하지 않았어?"

"언니가 벌써 돌아왔나?"

희미가 과자봉지를 내려놓았다. 그러는 동안에도 정체불명의 소리는 멈추지 않고 끊임없이 움직였다. 딸각딸각 문을 흔드는가 하면 깔짝깔짝 틈새를 비집고 들어오려고 했다. 새별이 미닫이문을 여는 희미를 말리려다 그만두었다. 언젠가 한 번쯤 맞닥뜨려야 할 상대라면 지금 이 자리에서 대면하는 것도 나쁘지 않을 것이라는 예감이 들었다.

거실에는 아무도 없었다. 목을 빼고 두리번거리던 희미가 본능적으로 시선을 내렸다. 방문턱 앞으로 기다란 그림자가 드리워져 있는 것이 보였다. 희미가 "와악" 소리를 터뜨리며 물러섰다.

"왜? 벌레라도 나왔어?"

민진이 겁먹은 얼굴로 물었다. 희미가 문을 닫으려고 했지만 그림자는 날렵하게 방문턱을 넘어 전진했다. 희미가 야단법석을 떨며 곰 인형을 끌어내리고는 의자 위로 뛰어올라갔다.

"내 눈에는 아무것도 안 보이는데. 누가 설명을 좀 해줘."

새별이 울먹이는 민진에게 말해주었다.

"바닥을 봐. 테이블 근처. 그림자가 혼자 움직이고 있잖아."

민진이 "꺄악" 비명을 지르며 침대에 주저앉았다. 엎질러진 물처럼 테이블 옆에 미동도 없이 고여 있던 그림자가 슬금슬금 움직여 테이블의 다리를 휘감았다. 희미가 소리쳤다.

"저번에도 그랬어! 거실을 돌아다니면서 나를 괴롭혔다고. 불도 껐다 켜고. 소파도 흔들고. 그러다 대들보 근처에서 사라졌는데."

"대들보 근처에서?"

새별이 생각에 잠겼다. 그렇다면 저 그림자는 성주의 또 다른 모습일까? 새별이 느끼기에 저 그림자에게 나쁜 의도는 없어 보였다. 하지만 이 상황에 그렇게 설명한다 한들 나머지 둘이 곧이곧대로 받아들일 것 같지 않았다. 의자 위에 쪼그리고 앉은 채로 희미가 새별에게 사정했다.

"저게 뭔지 모르겠지만 제발 밖으로 내보내줘. 무서워죽겠다고, 빨리."

그럴 필요까지 있을까 물으려던 새별은 어깨만 한 번 으쓱이고 말았다. 그런 다음 몸을 숙이고 예의 바르게 요청했다.

"저희 나가서 이야기 나누는 게 어떨까요?"

그러자 치대다 만 반죽 같던 그림자가 늘어나더니 가장자리에서 가늘고 무딘 손가락 같은 것이 갈라져 나왔다. 새별이 놀라 허우적거렸다. 꾸물거리는 손끝이 새별의 발뒤꿈치에 달라붙더니 질척거리며 늘어졌다. 민진과 희미가 기겁해 고함을 질렀다.

"새별아, 새별아!"

동시에 어떤 사고가 새별의 내부로 스며들었다. 환영이 현실로 틈입해 눈앞의 광경을 돌변하게 했다.

벽들이 넘어갔다. 천장이 높아지면서 집안이 점점 더 넓고 밝아졌다. 그와 동시에 그림자가 몸을 일으키더니 본래 형상을 되찾았다. 대들보에 정수리가 닿을 만큼 키가 크고 체구가 당당하던 그 여자는 연두색 삼회장저고리에 짙은 푸른색 치마를 입고 있었다.

여자가 새별을 향해 미소 짓는 즉시 그의 형상이 삽시간에 흩어졌다. 뒤이어 주춧돌들이 흙 속으로 가라앉았고 기와들은 해체돼 하나씩의 구름으로 떠올랐다. 기둥들이 뿌리를 내렸고 들보들이 가지를 쳐 올렸다. 그 무수한 나무들로부터 잎이 우거지고 꽃이 만발했다.

새별은 숲속에 들어와 있었다. 거기에 그 나무가 있었다. 들메나무는 다른 어떤 나무보다 푸르고 아름다웠다.

이마에 손을 얹고 그 나무를 올려다보는 순간 빗방울이 떨어지기 시작했다. 아차 하는 사이 새별은 빗줄기에 쓸려 땅 밑으로 흘러 들어갔다.

새별은 이제 씨앗이었다. 햇볕을 받으며 무럭무럭 싹을 키웠다. 꽃망울을 터뜨렸고 열매를 맺었다. 그러다 씨방 속에서 잠들었을 때 새에게 삼켜졌다. 새의 몸을 하고 숲을 떠돌다 나뭇등걸 위에서 숨을 돌릴 때 뱀에게 잡아먹혔다. 배를 붙이고 땅을 기어다니다 피범벅인 주둥이를 벌려 포효했고 머리에 뿔을 달고 달음질했으며 꽃가루를 묻히고 윙윙거렸다. 공기 중을 떠다녔으며 내와 강과 바다를 이루었고 수없이 죽었다 되살아났다. 노래하고 춤추면서 기도했다.

그러다 다시 스스로를 자각했을 때 씨앗으로 돌아와 있었다. 멀고 어두운 아래를 향해 맹렬하게 뿌리를 뻗었다.

"새별아, 안 들려? 정신을 좀 차려봐."

포근한 흙 속에 파묻힌 채로 새별은 어렴풋한 말소리를 들었다. 누군가 그를 애타게 부르고 있었다.

"상처는 없어 보이는데. 어딜 다친 거지?"

새별은 제 뺨을 만지는 손길을 느꼈다. 이마를 간지럽히는 비단 저고리의 부드러움과 손등을 쓸어내리는 노리개의 풍성함도. 그에게서 달콤하고 쌉싸름한 냄새가 났다. 그건 나무의 냄새, 톱밥과 수액의 냄새였다.

새별이 눈을 떴다. 희미는 걱정이 지나친 나머지 눈물까지 글썽이고 있었다.

"깨어났구나. 다행이야. 이러다 못 일어나는 줄 알고 얼마나 무서웠는데."

민진이 새별을 잡고 일으켜주었다.

"괜찮아? 조금 더 누워 있는 게 낫지 않을까?"

"살짝 어지럽기는 하지만 괜찮을 것 같아."

희미가 손짓 발짓을 동원해 새별이 쓰러지던 순간의 상황을 설명해주었다.

"그림자가 너를 끌어안으니까 네가 스르르 주저앉고. 그림자는 녹아내리는 것처럼 바닥으로 스며들어가고."

새별이 한마디를 내뱉었다.

"그 나무, 이 집과 이어져 있었어."

"뭐?"

그게 무슨 뜬금없는 소리냐는 듯 희미가 콧등을 찌푸렸다.

"그리고 우리 모두와도."

덧붙인 새별이 책상 옆면에 뒷머리를 댔다. 짧은 시간에 너무 많은 환상을 목격해서인지 관자놀이가 지끈거리는 느낌이었다. 그러다 창문 쪽으로 고개를 돌리며 입술을 깨물었다. 민진 역시 그 소리를 들었는지 창밖을 흘끔거리면서 혼잣말했다.

"이번에는 또 무슨 일이지."

새별이 말릴 겨를도 없이 일어나 밖으로 뛰쳐나갔다. 희미가 외쳤다.

"야, 어디 가?"

그 물음에 대답할 새도 없이 새별은 다급히 문을 밀어젖혔다. 유자가 사고를 친 게 틀림없었다. 왜 말을 안 듣는 거야? 이 집에는 어떻게 들어온 거고.

"유자 너 여기서 뭐하는 거야?"

예상대로였다. 마당 한가운데서 유자가 웬 동물과 대치하고 있었다. 갈색 털이 반지르르하던 그 동물은 다름 아닌 족제비였다.

하지만 새별은 그 동물이 보이는 그대로의 형상이 아님을 직감했다. 그 족제비는 이 집에 서린 넋들 중 하나일 것이다. 아마도 안채 옆 건물에서 그를 노려보았을 존재일까?

"죄송해요. 제 친구가 실수를 저질렀네요. 제가 대신 사과드릴게요."

슬립온을 구겨 신은 새별이 헐레벌떡 그들에게 다가갔다. 유자가 새별의 등장에 동요한 틈을 타 족제비가 앞발로 그의 콧등을 후려갈겼다. 유자가 야옹 부르짖으며 펄쩍 뛰어올랐다. 족제비는 그제야 분이 풀린다는 듯 뒤돌아 달아났다.

"잠깐만요, 잠깐만 기다려주세요."

유자를 품에 안은 새별이 부리나케 족제비를 쫓아갔다. 작업실 옆 모퉁이를 돌자 족제비는 사라지고 웬 여자애가 잔뜩 화가 난 채로 그쪽을 쏘아보고 있는 게 보였다. 아니, 그렇다고 추측했다고 해야 할까? 흰 깃이 둘러진 감청색 원피스 위 얼굴이 있어야 할 자리가 비어 있었으니까. 하지만 새별은 직감적으로 보이지 않는 그 얼굴의 윤곽을 그려볼 수 있었다.

동시에 희미의 소원이 왜 그렇게 큰 파문을 일으켰는지 알 수 있었다. 그 여자애, 업은 희미와 닮아 있었다. 자매 같았다. 희미는 이 집의 업과 연결돼 있는 모양이었다. 신의 힘은 본질적으로 반목하는 법. 그렇다면 업의 영향력이 신목의 기운과 충돌해 희미가 빈 소원에 혼돈을 일으켰을 가능성은 없을까?

업이 분을 억누르지 못하고 시근덕거렸다.

"초대도 받지 않고 개구멍으로 남의 집에 들어온 주제에 내게 발톱을 보여?"

"정말 죄송합니다. 제가 대신 사과할게요."

허리를 숙인 새별이 유자의 이마에 꿀밤을 먹이는 흉내를 냈다.

"내가 사고 치지 말라고 했어, 안 했어? 게다가 개구멍이라니. 그러고도 네가 고양이냐?"

유자가 야옹야옹 구슬프게 울었다. 그런 유자를 바라보며 끌끌 혀를 차던 업이 가늘게 뜬 눈으로 새별을 주시했다.

"나는 네게서 풍기는 고철 냄새가 싫어. 인간들이야 알 길이 없겠지만 내 눈에는 네가 무엇으로 이루어져 있는지 빤히 다

들여다보이거든. 그 너저분한 전선이며 콘크리트라니. 터주는 너를 들이기로 마음을 바꿔먹었는지 몰라도 나는 거기에 동의한 적 없어. 용건이 끝났으면 빨리 여기서 나가."

업의 꾸지람에도 새별은 움츠러들지 않았다.

"말다툼을 하고 싶지는 않지만 이 말씀은 드려야겠어요. 저는 희미의 친구예요. 초대를 받고 이 집에 왔다고요. 엄연한 손님 자격으로요."

초대라는 단어를 듣자마자 업이 눈에 띄게 움찔거렸다. 새별이 서둘러 다음 말을 꺼냈다.

"며칠 전에 아이 한 명이 사라졌다는 거 아시죠? 옆집에 사는 남자애, 준후요. 그 친구도 이 마을에 사니까 그쪽과도 관계가 있잖아요. 저희를 도와주실 수는 없으세요?"

업이 심술궂은 말투로 쏘아붙였다.

"신목이 죽은 이유가 뭐라고 생각해? 거기에 네 잘못이 전혀 없다고 주장하고 싶은 거야?"

"그런 건 아니지만……"

새별이 말꼬리를 흐렸다. 업이 코웃음 쳤다.

"나는 네 일에 관여하고 싶지 않아. 그러니까 되도록 빨리 내 앞에서 꺼져줬음 좋겠어."

그러더니 분풀이라도 하는 것처럼 있는 힘껏 발을 굴렀다.

그 행동의 반향인 듯 업이 걷어찬 지면 아래에서 메아리가 샘 솟았다. 방울방울 떠오르며 용솟음치는 소리, 졸졸 흐르는 소리. 이건 설마. 귀를 곤두세운 새별이 그 소리가 시작된 곳으로 시선을 더듬었다.

업은 대번에 자취를 감추었다. 예상치 못한 대면에 기진맥진해진 새별이 긴 숨을 쉬며 이마를 훔쳤다. 마당을 서성이던 희미와 민진이 새별을 발견하고 그쪽으로 다가왔다.

"무슨 일이야? 왜 말도 없이 뛰쳐나간 거야? 그런데 웬 고양이?"

희미가 반가운 마음에 손가락을 뻗어 새별의 품에 안겨 있던 유자의 코끝을 슬쩍 건드렸다. 가뜩이나 콧등을 얻어맞아 짜증이 나 있던 유자가 하악질을 하면서 앞발을 휘둘렀다. "이크" 소리를 내면서 희미가 손을 거두었다. 새별이 말했다.

"아무래도 정답을 찾은 것 같아."

민진이 새별을 가리킨 방향으로 눈길을 던졌다. 거기에는 우물이 있었다.

2. 쏟아지는 빛줄기 속에서

그날 민진은 희미의 강요에 못 이겨 학원을 빼먹었다. 그것도 모자라 희미는 민진과 새별이 자신의 집에서 하룻밤을 자고 가야 한다고 우겼다.

"내일은 결전의 날이잖아. 그렇게 중요한 사건을 앞두고 친목 도모의 시간을 갖는 게 당연하지. 반대하는 사람? 없지?"

희미의 엄마가 새별의 엄마와 전화 통화를 하는 수고를 해주셨다. 희미의 집 주소와 휴대폰 번호를 받아두는 선에서 민진의 어머니는 하룻밤 외박을 허락해주셨다. 민진은 집에 들러 새에게 모이를 주고 물을 갈아주는 김에 몇 가지 짐을 챙겨왔다. 돌아와보니 새별은 희미의 파자마를 빌려 입고 늘어져 만화책을 읽고 있었다.

희미는 둘을 데리고 집안 곳곳을 구경시켜주었다. 엄마의 작업실 내부를 보여주었고 그들보다 한 살이 어리다는 감나무를 소개해주었다. 셋은 말라버려 뚜껑을 덮어놓은 우물 옆을 괜스레 어슬렁거렸다.

저녁 식사를 마친 후에는 누마루로 가 담요를 어깨에 두르고 앉아 풍경 소리를 들었다. 희미가 담요 끝을 당기며 재잘거렸다.

"우리집에서 내가 제일 좋아하는 장소야. 이번 여름에는 모기장을 쳐놓고 셋이 같이 여기서 자는 거야. 새 소리를 들으면서 일어나는 기분이 얼마나 상쾌하다고."

하지만 늦은 밤, 불을 끈 방에서 셋은 좀처럼 잠들지 못했다. 민진이 배 위에 얹고 있던 손을 내리며 돌아누웠다. 옆에서 새별이 꼼지락거리는 게 느껴졌다. 그때 침대에서 부스럭 소리가 나더니 희미가 이불을 감은 채로 꿈틀꿈틀 움직여 친구들이 누운 쪽을 내려다보았다.

"너희들 준후 기억하지? 아직 안 잊었지? 그렇지?"

그 말소리가 왠지 겁에 질려 있는 것 같았다. 그런 그를 위로하려는 듯 민진이 상냥하게 대답했다.

"당연하지. 걱정하지 마."

"만약에 실패하면 어쩌지? 우리가 생각한 방법이 통하지 않는다면. 준후가 계속 새로 남아 있어야 한다면."

희미가 전보다 작아진 목소리로 소곤거렸다.

"믿어지지 않아. 내가 준후를 잊어버린다니. 내 어린 시절이 송두리째 뒤바뀔 수 있다니. 그런 일이 어떻게 가능한 거지? 벌써부터 기억이 뒤죽박죽 섞이고 있는 것 같아. 무서워 죽겠어."

"세상일이 모두 우리 뜻대로 되는 건 아니니까. 일단은 믿어봐야지. 그리고 기도하는 거야. 준후를 원래 모습으로 되돌려달라고."

새별이 대답했다. 민진이 화난 듯한 말투로 맞받아쳤다.

"나는 믿어. 실패하지 않을 거라고. 준후는 돌아올 거야, 반드시."

"나도, 나도 믿어. 준후는 돌아올 거라고."

희미가 거들었다. 새별이 나지막이 덧붙였다.

"나도. 우리 최선을 다하자."

민진의 뒤척임이 잦아들었다. 희미 역시 그사이 잠들어버린 듯했다. 넋이 지켜주는 보금자리란 이렇게 포근하구나, 새삼스러운 감상에 사로잡힌 새별이 천장을 올려다보며 뒷머리에 손을 댔다. 친구들의 숨소리를 들으면서 빌었다. 이 밤, 자신의 도시가 평안하기를. 그 도시의 모든 존재들이 자신이라는 지붕 아래 쉴 수 있기를. 그러는 내내 유자는 툇마루 밑 희미가 가져다준 상자 안에서 담요에 파묻혀 단잠을 자고 있었다.

이튿날 밤, 셋은 산책로 초입에서 만났다. 정월 대보름, 달이 차오르는 날. 그러나 먹구름에 가려서인지 달은 보이지 않았다.

셋이 줄지어 징검다리를 건넜다. 새별이 선두였고 희미가 마지막이었다. 민진은 중간에서 이동장을 들고 있었다. 민진은 서재에 있는 어머니 몰래 이동장을 가지고 나오느라 애를 먹었다.

그날도 희미의 방 책상에는 곰 인형이 무릎담요를 두른 채로 앉아 있었다. 반면 새별은 준후의 백팩을 한쪽 어깨에 걸치고 유유히 현관을 빠져나왔다. 밤늦게까지 공부에 매진하던 오빠는 여동생이 종종 고양이를 보러 외출하는 것을 모른 척해주었다.

붉은 새가 낸 수수께끼의 답은 물이었다. 더 정확하게는 우물물. 보름달이 뜨는 밤, 멀고 깊은 우물 속 물을 깨워 이끌어내는 것. 그리하여 그 옛날의 달그림자 긷기 의식을 재현하는 것. 그것이 그날 밤 그들이 해야 할 일이었다.

아닌 척했지만 업은 새별에게 단서를 귀띔해주고 싶었을 것이다. 심술궂은 그 가택신 역시 내심으로는 옆집 소년을 무척 걱정하고 있었을까?

새별에게는 그 언덕으로 향하는 길이 빛으로 수놓아져 있는 것처럼 보였다. 어둠 속에서 자신들을 지켜보는 시선이 느껴졌다. 돌탑과 나무, 참새와 청설모와 고라니, 나아가 언덕 전체가 그들의 등장을 반기며 그날 밤 벌어질 사건을 고대하고 있는 듯했다.

그들과 자신 사이에 진실로 경계는 없다는 것을 새별은 뒤늦게 깨달았다. 알주머니에서 나온 거미들이 거미줄에 매달려 멀어지듯이. 씨앗들이 외딴 도시를 여행하고 새로 지은 건물의 지붕에 풀들이 돋아나는 것과 같이.

도시는 인간을 위해 세워졌을지 몰라도 온전히 인간만을 위한 터전은 아니었다. 새별은 단 한 번도 혼자였던 적이 없었다. 무수한 존재들을 제 안에 품고 있었다.

그 나무 앞에 이르러 새별이 발길을 멈추었다. 낮은 가지에 리본들이 뒤엉켜 있는 모습이 쓸쓸해 보였다. 민진이 이동장을 내려놓기 전에 고개를 숙이고 말해주었다.

"다 잘될 거야. 걱정하지 마."

이동장 안에서 새가 조그맣게 지저귀었다. 민진이 이동장을 덮은 천을 매만져주었다.

희미가 민진의 옆으로 다가와 정면을 바라보고 섰다. 그가 매어놓은 흰색 리본이 같은 자리에서 나부끼고 있었다. 일주일 전 이곳을 찾아 소원을 빈 것이 오래전에 벌어진 일처럼 멀고도 희미했다. 하지만 준후를 좋아하는 마음은 조금도 변하지 않았다. 그날 질투심에 못 이겨 흘러넘친 것이 무색하게 다시 차올라 있었다. 바로 옆 민진의 존재를 의식하며 희미는 내면의 동요를 들키지 않으려는 듯 몰래 호흡을 골랐다.

희미는 한편으로 준후가 자신을 좋아하지 않을 바에야 계속 새로 있는 게 낫다고 생각하는 스스로의 이기심을 어쩔 수 없었다. 준후의 진심을 알게 되는 것이 무서웠다. 그런 속내를 들키고 싶지 않았다.

차라리 모두 잊을 수 있다면. 망각한다는 건 상처조차 지워버린다는 의미였으니까.

민진이 나무 옆에 흩어져 있던 돌들을 가리키면서 물었다.

"이 자리가 맞아? 확실해?"

"어, 아래에서 온기가 올라오는 게 느껴져."

새별이 발밑을 주시하며 대답했다. 오래된 그 돌무더기는 우물터의 잔해였다. 그제야 무질서하게 흩어진 돌들 밑에서 환청처럼 가늘고 아득한 물소리가 울리는 듯했다. 방울방울 떠오르는 소리, 졸졸 흐르는 소리, 어렴풋한 메아리.

셋은 새별이 지목한 장소에 둘러섰다. 달은 보이지 않았다.

그렇다고 언제까지 기다릴 수만은 없었다. 새별이 트레이닝
복 상의 주머니에서 지퍼백을 꺼내며 고개를 까딱였다.

"그럼 나부터."

셋은 오늘의 의식을 위해 각자 소중하게 여기는 한 가지씩
을 준비하기로 했다. 희미의 제안이었다.

─맨입으로 부탁하기는 미안하니까 우리에게 이 일이 이만
큼 중요하다는 걸 보여주는 거지. 성의 표시라고 해야 하나.
그런 선물을 받으면 더 도와주고 싶어지지 않을까? 너희 생
각은 어때?

새별이 지퍼백에 담아 온 건 그가 태어난 광장의 흙이었다.
손아귀 속 한 줌의 흙에서 새별은 그 광장을 스쳐지난 사람들
의 발자취를 감지할 수 있었다. 거기에는 또한 아이들의 웃음
소리와 소녀의 노랫소리, 아빠의 첫인사와 온갖 식물들의 씨
앗, 어느 벌레가 벗어두고 간 허물의 일부와 고양이의 털이
섞여 있었다. 그들 모두가 엄연히 이 도시를 이룬 구성원들이
었다.

우물터의 한가운데 흙을 뿌린 새별이 손바닥을 부딪쳐 털
며 자리에서 일어섰다. 그러자 이번에는 민진이 앞으로 걸어
나왔다.

"다음은 내 차례."

민진이 쥐고 있던 손수건을 펼치곤 그 안에 감싸여 있던 깃털을 꺼냈다. 민진은 지난해 가을 도서관 인근의 풀숲에서 그 깃털을 발견하고 얼마나 기뻤는지 몰랐다. 짙은 색 줄무늬가 있는 올빼미의 날개깃은 조금 닳기는 했지만 결마다 윤기를 머금은 모습이 무척 아름다웠다. 민진은 그 순간의 환희를 또렷하게 기억하고 있었다.

　민진이 조심스러운 손놀림으로 새별이 흙을 뿌린 곳에 깃털을 묻어주었다. 그런 다음 희미와 시선을 맞추면서 뒤로 물러났다. 희미가 더플코트의 주머니를 더듬으며 걸음을 뗐다.

　"내가 마지막이지."

　희미가 준비한 건 그의 집 정원에 있는 감나무의 가지였다. 그날 오후, 희미는 엄마의 도움을 받아 가지치기도 하는 겸 그 감나무에서 곁가지 하나를 잘라냈다. 그 나무라면 자신의 마음속 볼썽사나운 면까지 모두 알아차린 뒤에도 비난하지 않고 같은 자리에서 그를 계속 지켜봐줄 것이라고 믿었기에.

　희미가 가지 끝을 돌들 사이에 꽂아 넣자 새별이 말했다.

　"이제 시작하자."

　"이럴 때는 눈을 감아야 하지 않을까?"

　민진이 진지한 표정으로 물었다. 희미가 키득거리며 반문했다.

"뭐야, 갑자기 눈은 왜 감는 건데?"

"그야, 뭐. 하여간 나는 감을래."

민진은 쑥스러워하는 듯하면서도 물러서지 않았다. 그런 둘을 위해 새별이 대신 결론을 내려주었다.

"그럼 셋 다 감는 걸로 하자."

셋은 약간의 거리를 두고 모여 서서 전혀 다른 표정으로, 그러나 꼭 같은 간절함으로 기도하기 시작했다. 긴 잠에 빠져 있던 저 우물이 깨어나기를. 이 밤, 결코 말라버릴 수 없는 염원의 힘을 자아올려 소망을 이룰 수 있기를.

그날도 유자는 발소리를 죽이고 새별을 따라와 그들을 지켜보고 있었다.

새 한 무리가 언덕 위로 날아올랐다. 붉은 새가 날개를 펼치고 함께 떠올랐다. 넋들이 반짝였다.

희미의 이마에 땀방울이 뱄다. 민진이 눈꺼풀을 떨면서 모은 손을 움켜쥐었다. 새별의 둘레에 빛의 동심원이 켜졌다. 그로부터 퍼지던 광채가 서서히 주위를 집어삼켰다. 그와 동시에 새별은 물론이고 희미와 민진의 눈앞에까지 과거의 한 때가 환영처럼 펼쳐졌다.

북소리가 들리는 가운데 흰옷을 입은 사람들이 의식을 올리고 있었다. 보름달이 휘영청했다. 우물물은 넘칠 듯 차올라 있었다. 물 위에 비친 달이 알 같았다. 세상 모든 것을 품을 수 있을 만큼 크고 둥글었다.

개중 한 사람이 두레박을 내려 우물물을 길었다. 물을 그득 푼 두레박 안에 달이 담겨 올라왔다. 징이 울리고 경을 외는 소리가 낭랑하게 좌중을 가르는 와중에 새별은 누군가 자신을 바라보고 있다는 걸 알아챘다.

그 시절의 강건한 나무 곁에 서 있던 그 청년은 훤칠하고 수려했다. 청년이 나무에 손을 얹으며 옅게 웃었다. 마치 그 오랜 세월을 건너뛰어 새별을 알아보기라도 한 것처럼.

청년에게서 뻗어 나온 기운이 소용돌이를 그리며 나무를 휘감더니 수피 속으로 스며들었다. 새별은 제 몸속 무엇인가가 이에 공명하는 것을 감지했다. 안개가 걷히듯 그 광경이 시야에서 사라짐과 동시에 직감했다. 신목이 자신에게 불어 넣어준 숨결 속에 옛 신의 기운이 깃들어 있었다는 것을.

새별이 감탄했다. 그래서 그가 내 안에서 계속 살아 있게 된 거야.

신목은 지키는 나무, 인간은 혼자서는 살아갈 수 없는 존재였고 따라서 나를 지킨다는 것은 우리를 지킨다는 것과 같은 의미를 띠었다. 신목은 사람들의 소망이 이루어지기를 축원해줌으로써 스스로 더욱 강건해졌다. 공동체의 번영이 기도로 되돌아와 그의 넋을 윤택하게 해주었으므로.

하지만 그러는 동안에도 돌무더기는 꿈쩍도 하지 않았다. 눈을 뜬 희미가 울상을 지으며 말했다.

"어쩌지? 통하지 않잖아."

"어쩔 수 없지. 다른 방법을 쓰는 수밖에."

새별이 기다렸다는 듯 대답했다. 민진이 떨리는 음성으로 물었다.

"그게 무슨 말이야?"

"내가 있잖아."

"안 돼! 절대로!"

새별의 말이 채 끝나기도 전에 희미가 항변했다.

"지난번에도 그렇게 힘들어했으면서. 무슨 일이 벌어질지 알고."

"나는 인간이 아닌걸. 만에 하나 잘못된다고 해도 진짜 죽는 것과는 다를 거야. 이 몸을 버리고 원래 상태로 돌아가는 것뿐이지."

"그래도 다시 만날 수 없게 되는 거잖아. 이렇게 이야기를 나눌 수도 없고."

희미가 훌쩍거렸다. 그런 그를 달래듯 새별이 다정하게 말을 이었다.

"나도 그런 식으로 하루아침에 사라지고 싶지는 않아. 엄마랑 오빠한테 작별인사도 못 하고 왔는걸. 할 수 있는 데까지는 해봐야지. 우리 최선을 다하기로 했잖아."

새별은 그날의 나무를 되새겼다. 최후의 순간 그를 사로잡았던 두려움이 얼마나 격렬했는지.

준후를 원래 모습으로 되돌리기 위해 먼저 그 나무를 살려야 한다는 사실을 깨달았을 때 새별은 몹시 기뻤다. 이 도시에는 당신이 필요해요. 눈을 꼭 감고 다짐했다. 어떤 희생을 감수하더라도 나는 당신을 살려내고 말 거예요. 그런 다음 깊이 숨을 들이마시곤 도시 전체를 일깨우기 시작했다. 아파트 단지와 주택가, 도로와 공원, 상점가, 직선과 곡선과 불규칙함으로부터, 거대함과 질서정연함과 혼돈으로부터 힘을 끌어모았다.

눈부신 빛이 새별을 휩쌌다. 그는 심지이자 두레박이었다. 도시에서 불러모은 그 모든 힘을 천천히 신중하게 우물 속으로 쏟아부었다. 더 큰 힘을 넘쳐흐르게 할 마중물로서.

그 순간 신시가지에서는 잠들어 있는 사람들은 물론이고 깨어 있는 사람들까지 전부 같은 꿈을 꾸었다. 그 꿈속에서 그들은 한데 어울려 어두컴컴한 동공 속을 헤엄쳤다. 방울방울 떠올랐고 졸졸 흘렀다. 그러나 그 꿈은 언제 시작했느냐는 듯 눈 깜짝할 사이에 끝나버렸다.

너무 많은 힘을 한꺼번에 소진한 탓인지 새별의 형상이 희미해졌다. 금방이라도 사라질 것처럼 흐려졌다. 놀란 희미가 새별을 붙들고 애원했다.

"그러지 마. 여기서 멈추라고."

민진이 눈물을 글썽이며 그런 둘을 끌어안았다. 그럼에도 새별은 멈추지 않았다. 보도블록에 금이 가고 맨홀 뚜껑이 덜커덩거렸다. 가로등 불이 꺼지더니 도시 전체가 한꺼번에 정전됐다.

새별이 하얗게 깜빡였다. 윤곽이 옅어지면서 바람결에 날아가버릴 듯 나부꼈다. 민진이 새별을 더욱 세게 껴안았다. 새별이 발하는 빛이 한층 짙어지면서 휘황해졌다.

강렬한 푸른빛 속에서 고개를 쳐든 희미가 더는 못 참겠다는 듯 있는 힘껏 고함을 질렀다.

"우물이든 달이든 상관없어요! 누가 됐든 잘 들어요! 내 친구를 힘들게 하지 마요. 그렇게 오래 잠들어 있었으면 일어날 때도 됐잖아요. 곧 봄이라고요. 그만 잠 좀 깨요! 일어나라고요! 지금 당장이요!"

그것이 마지막 한 방울이었다.

셋을 집어삼킨 빛줄기가 거세어지다못해 무섭도록 날카로워졌다. 우물터를 막고 있던 돌들이 와르르 무너졌다. 땅 아래에서 터져나오는 힘에 휩쓸린 셋이 다 같이 엉덩방아를 찧었다. 먼지구름을 일으키며 물줄기가 저 먼 하늘에 다다를 만큼 힘차게 용솟음쳤다. 그 모습이 전설 속 용이 승천하는 듯했다.

새별은 뺨에 와 닿는 차가운 숨결을 느꼈다. 희미가 눈송이가 내려앉은 손바닥을 들여다보며 외쳤다.

"눈, 눈이 내리고 있어!"

젖은 안경을 벗은 민진이 웃음을 터뜨렸다.

"아니, 비잖아."

함박눈은 어느새 비로 바뀌어 있었다. 빗줄기가 마른땅을 적셨다. 쏟아지는 비를 맞으면서 새별은 희미의 집 성주가 보여주었던 환상을 떠올렸다. 자신이 씨앗이었던 순간을 되새겼다. 그래, 나는 비였어. 집이자 나무이자 새였어.

곧 장대비마저 그치고 먹구름이 걷히더니 보름달이 헤어나왔다. 밤하늘에서 황금빛 눈동자가 형형한 광채를 발했다.

"얘들아, 저길 좀 봐."

안경을 고쳐 쓴 민진이 뒤를 가리켰다. 나무가 살아나고 있었다. 가지마다 진초록색 잎사귀들이 앞다투어 돋아나더니 무지갯빛 광휘를 발하며 순식간에 흩어졌다.

비는 내린 흔적도 없이 말라 있었다. 무릎을 털고 일어난 희미가 나무를 향해 다가갔다. 더플코트 주머니에서 뭔가를 꺼내 들고 바윗돌을 밟고 올라갔다. 늘어진 가지 끝에 초록색 리본을 둘러 단단하게 매듭지은 다음 이렇게 말했다.

"제가 저지른 실수를 바로잡고 싶어서, 그래서 여기에 왔어요. 그때 그 말은 제 본심이 아니었어요. 게다가 사람 마음을 멋대로 바꿀 수는 없으니까, 그건 옳지 않은 일이잖아요. 그런 건 제대로 된 소원일 수 없다는 걸 깨달았어요. 그러니까 제가 정말로 소망하는 건요, 준후를 원래 모습으로 되돌리는 거예요. 잊지 않는 거예요. 상처 입은 일까지 계속 기억하는 거예요."

리본이 묶인 가지들이 바스락거렸다. 정말, 정말, 정말 하고 묻는 듯한 소리. 빛을 머금은 바람이 희미의 낯을 부딪고 지났다.

"네!"

하고 외친 희미가 이내 세차게 도리질했다.

"아뇨. 사실 제가 뭘 바라는지 저도 잘 모르겠어요."

그러더니 눈가에 맺힌 눈물을 닦으며 덧붙였다.

"하지만 저는 일주일 전의 제가 아니니까, 그 일주일만큼 달라졌으니까, 준후가 어떤 대답을 하든 받아들일 수 있을 것 같아요. 그러니까 부탁드릴게요. 준후를 사람으로 되돌려주세요. 저희 곁으로 돌려보내주세요. 제발, 제발요."

신목은 희미의 간청에 답하지 않았다. 보름달이 뜬 하늘 아래 하얗게 흔들릴 뿐이었다.

희미가 겁먹은 표정으로 고개를 돌려 민진을 응시했다. 하지만 민진은 조금의 망설임도 없어 보였다. 미소 띤 얼굴로 천을 당겨 내린 다음 활짝 이동장의 문을 열었다.

새가 문 밖으로 날아올랐다. 날개를 치면서 허공으로 떠오르는 듯하더니 소년의 모습으로 바뀌어 땅 위로 발을 디뎠다.

셋은 탄성을 터뜨리며 동시에 준후에게 다가들었다.

"준후야, 준후야!"

준후가 어리둥절한 눈초리로 주위를 둘러보았다.

"너희들…… 지금 뭐하고 있는 거야? 나는 여기서 뭘 하고 있는 거지?"

"설명은 나중에 하고. 잘 돌아왔어."

새별이 웃으며 말해주었다. 유자가 달려와 준후의 다리에 이마를 마주 댔다. 준후는 얼떨떨해하면서도 그들 셋, 아니 넷을 밀어내지 못했다.

까마득하게 높은 곳에 나 있던 문이 닫혔다. 붉은 새가 더 먼 하늘로 비상했다.

3. 소녀들, 그리고 그 곁의 소년

희미가 교복 위에 껴입은 점퍼의 지퍼를 올렸다. 입김이 나오는 계절은 끝났다. 그럼에도 날씨가 아직은 쌀쌀했다. 복도를 지날 때 창문 밖으로 이층 높이까지 뻗어오른 나무의 가지가 보였다. 거기에는 연둣빛 싹이 터 있었다.

오늘 아침, 대문을 나서기 직전 올려다본 감나무 역시 이전보다 싱그러워 보였다. 그 나무는 내내 다가올 봄을 준비하고 있었다. 맹렬한 추위 속에서도 겨울눈을 틔우고 있는 것을 희미는 제 눈으로 똑똑히 목격했다.

희미는 세상 모든 일이 실은 그렇다는 걸 터득했다. 살얼음 아래 물은 흐르고 있고 고치 속에서 애벌레가 탈바꿈하는 것처럼. 변화가 세상에 드러날 무렵에는 돌이킬 수 없게 된 후였다. 희미의 감정 역시 그러했다.

새 학년이 시작된 지도 몇 주가 지났다. 희미는 이제 2학년이었다. 각오는 하고 있었지만 막상 민진과 새별 둘 중 누구와도 같은 반에 배정받지 못했다는 걸 알고 나니 아쉬운 마음을 감추기 힘들었다. 셋은 완전히 갈라졌다.

준후 역시 셋과 다른 반에 배정됐다. 그 사실에 안도감을 느끼는 스스로가 희미는 놀라웠다.

창밖을 바라보던 희미를 누군가 뒤에서 와락 끌어안았다.

"정희미!"

부르는 목소리에 반가움이 묻어났다. 민진이었다.

"어디 가는 길이야?"

"어, 그냥 좀 걷고 싶어서."

희미의 대답에 민진이 짐짓 토라진 표정을 지었다.

"그래? 우리는 너 보러 가고 있었는데."

새별이 옆에서 손을 흔들었다. 둘은 시간이 날 때마다 희미의 반에 들렀다. 희미는 아닌 척했지만 둘과의 만남이 몹시 기뻤다. 새별이 반으로 자른 풍선껌을 희미에게 나눠주면서 말했다.

"하나밖에 안 남아서. 그런데 오늘 급식 맛있지 않았냐?"

희미가 받은 껌을 입안에 밀어넣으며 깔깔거렸다.

"너는 맨날 먹는 얘기냐."

아니나 다를까, 새별이 희미의 옆에 붙어 서며 물었다.

"나랑 같이 매점 안 갈래?"

"나가서 걷기로 했잖아!"

민진이 희미의 왼팔을 붙들며 맞섰다.

"매점이 먼저지!"

새별이 그에 지지 않고 고집을 부렸다. 싱긋 웃은 민진이 새별의 오른팔에 제 팔을 마저 끼우고는 둘을 동시에 잡아끌었다.

"그건 이따가. 나가자, 일단 나가자고."

셋은 수다를 떨면서 계단을 내려갔다. 민진이 화단의 나무에 앉은 새를 발견하곤 속닥거렸다.

"저기 좀 봐. 저 새 동고비야. 울음소리가 특이하지?"

"어."

하고 대답하는 희미의 태도가 심드렁했다. 하지만 민진은 굴하지 않고 이야기를 계속했다.

"예기치 않게 반도 갈라져버리고 어떻게 하면 우리 사이를 개선할 수 있을까 고민을 해봤거든. 그래서 내린 결론이, 우리 셋이 생태 환경 동아리를 만드는 거야. 이번 주부터 본격적으로 준비해보자. 첫번째 활동으로 조류 충돌 방지 필름을 붙입시다 캠페인을 벌이는 거지, 어때?"

"나는 빼줘."

단박에 거절한 희미에 비하면 새별 쪽은 그나마 승산이 있어 보였다. 잠시 고민에 잠겨 있던 새별이 이렇게 말했다.

"뭐, 간식 사주면 한번 생각해볼게."

"간식 말고 음, 즉석 사진은 어때? 저번에 가보고 싶다던 그 가게 있잖아. 거기서 셋이 같이 사진을 찍는 거야. 점심은 내가 분식집에서 쏠게."

민진의 전략은 적중했다. 그 말이 떨어지기 무섭게 새별이 갑작스러운 의욕을 드러냈다.

"나는 이번 주말도 좋은데. 토요일 괜찮아?"

그런 새별의 태도에 힘을 얻었는지 민진은 아직 만들지도 않은 생태 환경 동아리의 미래에 대해 심각하게 고민하기 시작했다. 희미는 콧등을 찌푸리고 먼 곳만 바라보았다.

운동장 가장자리를 따라 걷던 셋은 맞은편에서 다가드는 남학생 무리와 마주쳤다. 같은 2학년처럼 보이던 그 소년들은 방금 전까지 공이라도 차고 있었는지 땀을 뻘뻘 흘리며 상의 소매를 걷어붙이고 있었다.

셋의 시선이 무리 한가운데에서 축구공을 들고 있던 한 소년에게 멎었다. 가벼운 미소를 띠고 있던 그 남학생은 준후였다.

그날 그 자리에서 그들은 준후에게 지난 일주일 동안 무슨 일이 벌어졌는지 설명해주었다. 처음부터 끝까지 솔직하게. 산책로에서 그가 느닷없이 새로 변했다는 것과 그 사건이 신목에 소원을 비는 행위와 연결돼 있었다는 것, 그래서 죽은 나무를 살려 그를 사람으로 돌아오게 했다는 것까지. 새별이 보통 인간이 아니라는 사실만은 비밀로 남겨두었다.

그건 어떤 면에서는 허무맹랑하다고밖에 할 수 없는 이야기였다. 하지만 준후는 이를 말도 안 되는 소리라고 넘겨버릴 수 없었다. 미몽 속에서도 분명하게 전해지던 눈길과 속삭임이 그의 기억에 남아 있었으니까.

확실한 건 그가 각별한 보살핌을 받았다는 것이었다. 그것만은 틀림없었다.

그래서 그동안 어디에서 뭘 했느냐는 부모님의 물음에 기억나지 않는다고 대답하면서도 죄책감을 덜 수 있었다. 넷은 길가에 쓰러져 있던 준후를 셋이 우연히 발견해 데리고 온 것으로 말을 맞추었다. 새별의 설명에 따르면 나머지는 상황에 맞춰 조금씩 정리될 것이라고 했다. 준후의 귀가에 기뻐하면서도 걱정을 떨치지 못하던 부모님은 요 며칠 사이에야 겨우 평상심을 되찾으신 듯했다.

준후는 이 모든 소동 속에서도 자신이 이토록 태연할 수 있다는 게 신기했다. 한 가지가 잘못 찌른 핀처럼 그의 마음을 껄끄럽게 한다는 것만 빼면. 희미에게 상처를 줬다는 것.

그날 일주일만의 귀갓길에서 희미는 그에게 여러 번 사과했다.

"미안해. 내가 괜한 말을 하는 바람에. 다 내 잘못이야."

준후는 말없이 고개를 끄덕이는 수밖에 없었다. 어쨌든 사건의 빌미를 제공한 건 희미였으니까. 그날 이후로 준후는 희미와 단둘이 얘기를 나눈 적이 없었다.

준후의 장갑은 여전히 희미 방의 책상 서랍에 들어 있었다. 희미는 그 장갑을 돌려주지 못했다. 한동안은 그럴 것이다. 하지만 좋아하는 마음을 간직할 수 있다면, 그 간절함을 잊지 않는다면 언젠가는 속을 알 수 없는 소꿉친구의 진심을 엿볼 기회가 오지 않을까? 그 순간 그가 누구를 좋아하고 있을지 지금으로서는 전혀 짐작할 수 없다고 해도.

새별시의 사람들은 그 밤을 잊지 못할 것이다. 때때로 일제히 도시의 불이 꺼졌던 순간을 되새길 것이다. 책을 읽다 깜빡 잠든 채로 혹은 침대에 누워 반려견을 토닥이거나 버스 정류장에서 사랑하는 사람을 배웅하며 깨어 있는 채로 꾸었던 꿈 역시. 그 꿈에 대해 대화를 나누기도 할 것이다. 환상이 현실 속에 퍼즐 조각처럼 교묘하게 끼워넣어지듯 망각되지 않을 것이다. 단지 조금 다른 방식으로 기억될 뿐일 것이다.

준후가 친구들 사이에 섞여 그들을 스쳐지났다. 새별이 무슨 생각이라도 났는지 둘을 돌아보며 물었다.

"우리 매점까지 누가 먼저 도착하나 내기할래?"

그러곤 대답할 시간도 주지 않고 전속력으로 뛰기 시작했다. 민진이 곧장 그를 따라 달렸다.

"윤새별, 이건 반칙이지."

친구들이야 그러거나 말거나 희미는 터덜터덜 혼자 걸었다. 그러다 바람결에 뭔가 팔랑거리며 떠밀려오는 것을 알아차리곤 재빨리 손을 뻗었다. 손바닥을 펼쳐보니 꽃잎이었다.

희미가 손을 꼭 쥐어 꽃잎을 감추었다. 그런 다음 점퍼 주머니에 푹 주먹을 찌르곤 앞서가는 친구들을 향해 외쳤다.

"야, 같이 가!"

그날 하늘에 닿을 듯 넘쳐흘렀던 우물은 다시 메말랐다. 그러나 올여름, 무덤 같은 돌들 틈에 들꽃이 만개할 것이다.

그 순간에도 나무는 잎을 틔우고 있었다. 털빛이 노란 고양이가 바윗돌 위에서 볕을 쬐며 졸았다.

봄이었다.

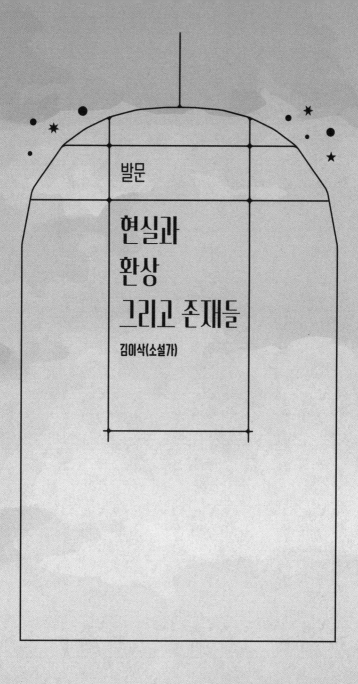

발문

현실과
환상
그리고 존재들

김이삭(소설가)

환상적이지 않은 글은 글이 아니고, 가장 환상적인 것이 아니라면 환상이라고 할 수 없다. 그러니 가장 환상적인 것이 가장 참된 것이고, 가장 환상적인 이치가 가장 참된 이치라는 것을 알 수 있다.

― 명말 청초 문인 원우령袁于令, 1592~1674의

「서유기제사西遊記題詞」 중에서

1. 환상은 존재하지 않는 것을 말하는가

인간이 생각할 수 있는 가장 환상적인 것 중 하나가 유토피아일 것이다. 토마스 모어의 소설 『유토피아』(1516년)에서 비롯된 말인 유토피아는 그리스어 'ou'(없다)와 'topos'(장소)를 조합해 만든 단어로 '어디에도 없는 곳'이라는 뜻이지만, '좋은 곳'을 의미하는 'eu-topos'와 발음이 같다. 독자에게 '유토피아'는 어디에도 없는 곳이자 소설 『유토피아』에만 존재하는 가상의 이상국이다.

서양에 유토피아가 있다면 동양에는 무릉도원이 있다.

이상향을 의미하는 또 다른 말인 무릉도원은 동진 시기 문인 도연명의 산문인 「도화원기」(421년으로 추정)에서 비롯되었다. 어디에도 없다는 뜻의 '유토피아'와 달리 '무릉도원'의 무릉은 실존했던 지역명이다. 무릉武陵이 전해지는 문헌에 맨 처음 등장한 건 초나라가 방국인 용庸을 멸하고 그 자리를 무릉현으로 만들었을 때이다. 훗날 진나라가 초나라를 멸하면서 초나라 사람들은 남쪽으로 떠났고, 무릉이라는 지역명도 함께 남쪽으로 이동하게 된다. 그렇게 옮겨간 무릉이 오늘날 중국의 후난성 창더시 일대이다.

「도화원기」는 무릉 사람인 어부가 겪은 기이한 일에 관한 이야기이다. 물길을 따라가다가 우연히 도화가 만개한 숲에 도달한 어부는 강의 상류이자 숲 끝에 있는 산에서 동굴을 발견했고, 배를 두고 안으로 들어갔다. 점점 좁아지는 동굴을 지나자 탁 트인 평원이 나타났는데 그곳에 마을이 있었다. 비옥한 토지와 아름다운 연못이 있고, 뽕나무와 대나무가 우거진 마을이었다. 마을 사람들은 진秦나라 때 난을 피한 이들의 후손으로 대대손손 바깥과 단절되었기에 진나라가 수백 년 전에 멸망했다는 것을, 그 뒤로 한나라에서부터 위나라, 진晉나라에 이르기까지 여러 나라가 세워졌다는 것도 모르고 있었다. 마을 사람들은 어부를 각자 집으로 초대해 대접하였고,

떠나는 어부에게 이곳에 대해 말하지 말라고 당부한다. 하지만 어부는 배를 타고 오는 길 곳곳에 표식을 남겼고, 이를 태수에게 보고했지만, 그 뒤로 누구도 그곳을 찾아내지 못했다고 한다.

'ou'와 'topos'로 이루어져 어원에서부터 존재하지 않음을 드러내는 '유토피아'와 달리 '무릉도원'은 무릉이라고 하는 실재하던 지역의 주변에 있는, 어딘가에 있으나 찾을 수 없는 곳이다. 알 수 없는 곳이라고 해서 세상에 존재하지 않는다고 어떻게 단언할 수 있을까. 전설 속 국가였던 상나라(은나라, 기원전 1600년경~기원전 1046년경)의 유물이 발견되면서 그 존재가 확인된 게 백 년 전이었다. 동아시아 상상력의 원천이라고 평가되는 고전 『산해경』(기원전 3~4세기경)도 오늘날에는 신화로 여겨지지만, 당시에는 지리서이자 동식물 도감이었다. 끝끝내 그 존재가 현실에서 확인되지 않는다고 할지라도, 그것이 부존재를 의미하지는 않는다. "사람이 아는 것은 알지 못하는 것만 못하다"는 장자의 말처럼 지성을 소유한 인간이 우주의 모든 신비를 다 밝혀낼 수 있는 것은 아니며 사람이 모르는 세상의 진실이 더 많을 수도 있다.[1]

동북아의 환상 세계는 현실 세계와 유리되지 않는다. 현실과

---

1 김지선, 『수신기, 괴담의 문화사』, 뿌리와이파리, 2022, 189쪽.

현실과 환상 그리고 존재들   197

환상이 병존하고, 더 나아가서는 공존한다. 그렇다면 이러한 특징을 가진 환상 문학 장르로는 무엇이 있을까. 바로 중국 육조 시대(229~589년)에 성행했던 장르인 지괴志怪다. 동북아 환상 문학의 기원 중 하나라고 볼 수 있는 지괴는 한국 문학사에서도 "나려 시대에서 조선 후기까지 지속적으로 발견"되었다.

"지괴는 도교와 불교 세계를 긍정하는 인식론적 토대 위에 성립"되었기에 "체계화되고 현실화된 상상만을 허용하는 유학" 체계 내에서 떠올릴 수 없는 걸 상상할 수 있었다. 당대 저자들은 지괴에 담긴 '이상한' 존재나 사건을 실재한다고 믿었고, 지괴는 '과학적 지식'과 구별되는 '서사적 지식'이자 '기이한 세계'를 긍정하는 기록 양식이었다.[2] 지괴에서는 "귀신의 존재에 대한 일말의 의심을 갖지 않는다".[3] 문제삼지도 않는다. 지괴에서는 "인간과 가장 거리가 먼 존재들"도 현실 세계인 "본래 이 세계에 존재하는 속성"을 띠고 있었으며 그 경계성도 뚜렷하지 않았다.[4]

그런 점에서 장아미의 『별과 새와 소년에 대해』는 지괴 특유의 서술 방식을 계승한 환상 소설이라고 볼 수 있다. 준후

---

2 정솔미, 「한국 문헌소재 귀신담 연구」, 서울대학교 국어국문학과 박사 논문, 2021, 137쪽.
3 같은 논문, 140쪽.
4 같은 논문, 142~143쪽.

가 곤줄박이로 변했을 때, 신목에 소원을 빌었던 희미는 "이건 불가능한 일이야!"나 "믿을 수 없어!"라고 외치지 않고 "왜 하필 곤줄박이야!"(24쪽)라고 외친다. 민진 또한 처음에는 "믿기지 않는다는 듯 거듭 물었"(26쪽)지만, 준후가 새로 바뀌었다는 걸 의심하지 않는다.

그것이 상식 밖의 일이라 할지라도 "두 눈으로 똑똑히 목격"(27~28쪽)했기 때문이다.

또한 두 사람에게는 환상적이지만 분명히 존재하는 이들을 만난 적이 있다는 공통적인 경험이 있다. 희미와 민진이 신도시의 신인 새별의 정체를 알게 되었을 때 새별이 "둘의 태도는 별반 달라지지 않았다"라고 느낄 수 있었던 건, 두 사람이 "연이어 벌어진 상식 밖의 일들을 보다 열린 마음으로 받아들일 수 있게"(148쪽) 되었기 때문이었다. 신도시의 신인 새별 이전에는 곤줄박이로 변해버린 준후가 있었고, 그 이전에는 함께 사는 가택신인 업과 이승에서 저승으로 안내하는 붉은 새가 있었다. 존재하지 않는다고 여겨지는 존재가 실재한다는 걸 경험했기에 이들은 존재하는 이들에게 그 존재를 증명하라고 요구하지 않는다.

그리고 이러한 변화는 글을 읽는 독자에게도 일어난다. "새신과 옛 신이 함께 늙어가는 그 같은 이야기들"이 "희미의 세상을 자라게 했"던 것처럼(65쪽) 독자 또한 이러한 이야기를 통해 "유연하고 확장된 인식"으로 세계를 구성할 수 있게 된다.[5]

2. 이야기되는 괴력난신, 지괴

『논어』 술이述而편에는 공자는 괴력난신을 논하지 않았다는 뜻의 "자불어괴력난신子不語怪力亂神"이라는 구절이 있다. 공자가 말하지 않았다는 괴력난신은 이성이나 상식으로는 설명될 수 없으며 지배 문화에서 벗어나 세상을 어지럽히는, 즉 타자화된 존재를 의미한다. "현실 사회의 질서를 중시하는 유교적 사유에서 이성으로 설명하기 어려"웠던 괴력난신은 "위험한 개념"[6]으로 치부되었기에 오랜 세월 배척당했고, 폄하되었다.

그런 괴력난신을 이야기하는 장르 중 하나가 지괴이다. 괴력난신은 지괴를 관통하는 커다란 주제이며, 지괴는 괴력난신인 타자와 "타자의 세계에 대한 이해를 이야기의 형태로 풀어낸" 글[7]이다. "유연한 존재 인식하에 초월적 세계 자체를 긍정하는 글"이기에 "현실과의 연관성"이 떨어지지만, 그와 동시에 타자의 "'비현실적인' 사유 방식으로 현실 세계를 이해

---

5 같은 곳.
6 김지선, 앞의 책, 5쪽.
7 김지선, 앞의 책, 20쪽.

하는 내용"이기에 현실과 어느 정도 연관이 있다.[8]

이 소설에서는 어떠할까. 신목이 죽은 이유를, 준후가 곤줄박이로 변한 이유를, 새별이 태어난 이유를, 신목이 하하헌 그리고 모두와 이어져 있는 이유를, 붉은 새가 준후를 사람으로 돌려놓는 방법을 알고 있는 이유를, 소설은 현실 세계의 방식대로 명쾌히 제시해주지는 않는다. 그것이 기원의 힘이나 신들의 힘이라는 걸 소설에서 얻은 단서를 기반으로 소설 속 인물들과 함께 가늠할 수 있게 해줄 뿐이다.

준후를 사람으로 되돌리는 방법을 알려달라는 민진의 부탁에 붉은 새가 은유적 방식으로 노래했던 것처럼(141쪽), 타자의 목소리는 우리에게 직접적으로 와닿지 않을 수 있다. 곧장 이해되지 않을 수도 있다. 그러나 '비현실적인' 사유 방식을 받아들인다면, 타자의 목소리를 타자의 방식대로 듣는다면, 우리는 현실 세계를 더 잘 이해할 수 있을지도 모른다. 타자와 공존하는 법을 찾게 될지도 모른다.

하지만 현실 세계를 이해하는 것과 타자의 세계를 이해하는 건 조금 다른 문제일 것이다. 타자의 세계를 이해한다는 건 어쩌면 유토피아를 꿈꾸는 것과 같을지도 모른다. 자기 세계도 이해할 수 없는데, 타자의 세계를 어떻게 이해할 수 있겠는

---

8 정솔미, 앞의 논문, 147쪽.

가. 어쩌면 그 세계는 결코 도달할 수 없는, 다른 차원의 곳일 수도. 그러나 마음을 간직한다면, "그 간절함을 잊지 않는다면 언젠가는 속을 알 수 없는 소꿉친구의 진심을 엿볼 기회"가 올 수 있는 것처럼(191쪽) 타자의 세계도 짐작할 수 있지 않을까.

3. 있으라고 쓰는 것만으로 그 자리에 존재하도록 만드는 마법[9]

애니미즘은 세상의 모든 것에 생명이나 의식, 감정이 있다고 믿는 사고이다. 대표적인 예로는 한국인에게 익숙한 도깨비가 있을 것이다. 긴 세월 동안 만져지며 손때가 묻은 물건은 원래의 물성이 사라지고 그 자리에 도깨비나 요괴 혹은 혼이 깃든다.[10] 소설 속 표현을 빌리자면 "넋이 스미는 것"이다.

새별은 평범한 인간들에게는 보이지 않는 것들을 봤고 들리지 않는 것들을 들었다. 이 도시에는 그를 탄생하도록 한 것과 같은 넋이 스민 사물들이 있었다. 그런 도구와 기계들은 오랜 세월 정성 어린 시선과 손길을 받으며 넋을 키웠고 스스로 말하고 드물게는 혼자 움직일 수도 있었다.

---

9 작가 소개글의 일부.
10 김지선, 앞의 책, 169쪽.

애착의 대상이기만 하다면 어떤 사물과 개념도 넋을 품을 수 있었다. 사소하게는 만년필이나 스니커즈, 자전거에서부터 크게는 자동차와 집, 도시와 국가까지 그랬다.(104~105쪽)

애니미즘 관념에서는 인간이 발화하는 언어에도 넋이 깃든다. 언어에 깃든 넋을 의미하는 언혼言魂은 언령言靈이라고 불리기도 하는데 희로애락의 감정을 느껴 주변에 영향을 미친다고 한다. 넋이 분노하면 인간에게 재액을 가져다주고 영혼이 기뻐하면 인간에게 풍작이나 풍어를 가져다준다고 말이다.[11]

육조 시대의 지괴 장르의 주된 특징 중 하나가 작가가 '자각적 허구 없이 기록한' 글[12]이라는 것이다. 그러나 오늘날의 글은, 일반적으로 소설fiction은 작가의 상상력이나 사실을 바탕으로 허구적으로 서술된 글이다. 과거의 지괴처럼 보이지 않는 존재들이 존재한다는 강한 믿음의 글이 아니다. 하지만 작가가 쓴 소설에 넋이 스민다면, 소설의 문장들이 언혼이 된다면, 있으라고 쓰는 것만으로 그 자리에 존재하도록 만드는 마법이 이루어진다면, 독자가 소설에 흠뻑 빠져 그것이 진짜이기를 바란다면, 기원하는 마음이 더해진다면, 뒷이야기를

---

11 고마쓰 가즈히코, 『요괴학의 기초지식』, 천혜숙·이정희 옮김, 민속원, 2021, 28쪽.
12 루쉰, 『중국소설사략』, 조관희 옮김, 살림출판사, 1998, 96~98쪽, 120쪽.

소망하듯 그려본다면…… 그렇다면 소설 자체도 현실에서 존재하게 되는 것이 아닐까.

그러한 환상이 세상에 현실로 존재하지 않는다고 어떻게 단언할 수 있을까.

가상의 섬이 새별시에서 다른 도시로 바뀔 수도 있고, 희미, 새별, 민진, 준후의 이름과 이목구비, 성격이 달라질 수도 있다. 하하헌과, 엄, 붉은 새는 잊히거나 전혀 다른 존재로 기억될지도 모른다. 어쩌면 이 모든 게 이미 조작된 기억일지도 모른다.

넋은 기억도 조작할 수 있으니까.

넋과 관련된 문제에 있어서라면 기억은 온갖 창의적인 방법으로 상상력을 발휘할 수 있었다. 질서를 유지하는 범위 내에서 균열을 메우고 망각을 조장할 수 있었다.(101쪽)

소설에 넋이 깃든 이상 소설은 무엇이든 할 수 있다. 넋이 깃든 소설에게 필요한 건 단 하나뿐이다. 독자. 오직 독자만이 소설의 "넋을 윤택하게"(180쪽) 해줄 수 있다. 대신 소설은 넋이 깃든 문장과 정서, 캐릭터, 사건 등으로 독자의 "세상을 자라게"(65쪽) 할 것이다.

작가의 말

하고 싶은 말은 이야기 속에 다 써버린 뒤라 조금 망설여지지만 용기를 내 몇 마디 덧붙여봅니다.

자주 걷고 즐겨 걷습니다. 이 소설을 쓰는 동안에도 제법 많이 걸었습니다. 어느 날은 희미와 걸었고 어느 날은 민진과 걸었습니다. 새별은? 새별은 아마도 늘 제 곁에 있었던 것 같습니다.

신도시에 살고 있습니다. 새별처럼 이 도시도 여전히 자라고 있어요. 이 책은 지난 몇 년간 제가 거주하는 도시 곳곳을 걸어다닌 기록 같은 걸 거예요. 낯선 지명이 적힌 표지판과 오래된 골목, 버려진 가구와 폐가, 죽은 새와 베어진 나무, 물웅덩이와 갈대밭, 고양이와 개와 고라니, 무당벌레와 거미와 지렁이, 민들레와 강아지풀, 작은 열매들, 배와 선착장과 다리, 새로 생긴 카페와 도서관, 간판을 바꿔 단 레스토랑과 호텔, 임차인을 구하지 못한 상가와 온갖 쓰레기, 비바람 속에 낡아가는 놀이터와 가로막힌 도로, 중장비와 타워크레인, 끊임없이 커지고 높아지는 건물들을 보았거든요. 처음 가보는 길과 습관처럼 지나다니는 길을 걸으며 천 개의 그림자에는 만 개의 이야기가 깃들어 있다는 걸 깨닫게 됐습니다.

지금까지 쓴 소설들 가운데 가장 물음표가 많이 나오는 글일 겁니다. 그건 아마도 희미와 민진과 새별이 질문을 하기 때문일 거예요. 알기 위해서는 먼저 물어야 하니까. 어떤 밤에는 왜 헤매고 싶은 마음이 드는지, 어째서 바람 소리를 듣고 있으면 세상의 마지막을 상상하게 되는지, 무엇이 전혀 다른 사람들을 서로 꼭 끌어안게 만드는지. 정답은 모릅니다. 실수를 예감한 채로 마음속에 켜둔 촛불이 꺼지지 않도록 조심조심 천천히 나아가는 수밖에 없어요.

원고 청탁을 받았을 때가 5월의 어느 날이었습니다. 조바심을 내면서 두려움 속에 초고를 끝마쳤을 때 다시 천천히 봄이 가까워지고 있었어요. 그 광경이 마법처럼 느껴져 무척 설렜던 기억이 납니다.

긴 겨울을 함께 보내준 가족과 친구들에게 감사하다는 말을 전하고 싶어요. 이 이야기를 선보일 기회를 주신 황예인 편집장님과 막 완성한 원고를 함께 읽고 고민해주신 김지인 편집자님께도 감사 인사 드리고 싶습니다.

　무엇보다 지금 이 글을 읽고 계신 분들 고맙습니다. 이 소설이 고개를 돌리면 보이는 작은 창문과 같기를, 환하게 밝혀진 그 밖에 어느새 봄이 와 있기를 바라봅니다.

2023년 가을을 앞두고
장아미

장아미 장편소설

별과 새와 소년에 대해

ⓒ 장아미

초판 인쇄	2023년 8월 14일
초판 발행	2023년 8월 30일

지은이	장아미
펴낸이	지영주
편 집	황예인 김지인 한수림
표지 일러스트	방새미
표지 디자인	함익례
본문 디자인	데시그
마케팅	최기현 김채린
경영 지원	정의정

펴낸 곳	㈜자이언트북스
출판 등록	2019년 5월 10일 제2019-000085호
주소	경기도 고양시 덕양구 덕은1로 5 2층
전화	070-7770-8838
팩스	02-3158-5321
홈페이지	www.giantbooks.co.kr
전자우편	books@giantbooks.co.kr
인스타그램	https://www.instagram.com/giantbooks_official/

ISBN   979-11-91824-28-5 (03810)